W9-CUB-611

MAKBARA

JUAN GOYTISOLO

MAKBARA

Seix Barral Biblioteca Breve

Cubierta: △TRIANGLE
Sobre la obra de Félicien Rops,
La mort qui sème la zizanie,
Turín, Col. E. Colombotto Rosso

Primera edición: enero 1980
Segunda edición: marzo 1980
Tercera edición: mayo 1980
Cuarta edición: marzo 1983

© 1980 y 1983: Juan Goytisolo

Derechos exclusivos de edición en castellano
reservados para todo el mundo:
© 1980 y 1983: Editorial Seix Barral, S. A.
Córcega, 270 - Barcelona-8

ISBN: 84 322 0365 3

Depósito legal: B. 10.485 - 1983

Impreso en España

*A quienes la inspiraron
y no la leerán*

En las aguas heladas del cálculo egoísta.

KARL MARX, *Manifiesto comunista*

all this the world well knowes
           yet none knowes well,
to shun the heaven that leads men
           to this hell.

WILLIAM SHAKESPEARE, Soneto 129

منثل الريح بـف الشبكة

PROVERBIO MARROQUÍ

DEL MÁS ACÁ VENIDO

al principio fue el grito : alarma, angustia, espanto, dolor
químicamente puro? : prolongado, sostenido, punzante, hasta
los límites de lo tolerable : fantasma, espectro, monstruo del
más acá venido? : intrusión perturbadora en todo caso : inte-
rrupción del ritmo urbano, del concierto armonioso de soni-
dos y voces de comparsas y actores pulcramente vestidos :
onírica aparición : insolente, brutal desafío : compostura insólita, transgresora : radical negación del orden existente : índice acusador apuntado a la alegre y confiada ciudad eurocra-
taconsumista : sin necesidad de alzar la vista, forzar la voz,
adelantar la mendicante mano con negro ademán de orgullo
luciferino : absorto en el envés de su propio espectáculo : indiferente al mensaje de horror que siembra a su paso : virus
contaminador del cuerpo ciudadano a lo largo de su alucinado periplo : pies sombríos, descalzos, insensibles a la dureza de la estación : pantalones harapientos, de urdimbre gastada e improvisados tragaluces a la altura de las rodillas :
abrigo de espantapájaros con solapas alzadas sobre una doble
ausencia : avanzar ensimismado por la acera hormigueante
del bulevar : pasar el estanco, la camisería, el cruce de la rue
du Sentier, la terraza del café-restorán, el salón de máquinas
tragaperras : la cola habitual a la entrada del Rex, la boca de
metro de Bonne Nouvelle, el quiosco de periódicos, el puesto
callejero del vendedor de confites y helados : frente al siempre engalanado edificio del muy oficial portavoz de la clase
obrera : abrirse paso entre el gentío sin prisas ni codazos : en
virtud del simple, estricto poder de su corrosiva presencia :
has visto, mamá? : Dios mío, no mires! : no es posible! :
nena, no ves que molestas a este señor? : quieres dejar de pa-

par moscas como una idiota? : qué tiene en la cara? : chist,
canda el pico! : es increíble que circulen sueltos! : camina
como si estuviese borracho! : parece chiflado! : no hables tan
fuerte, a lo mejor te entiende! : cuidado, no te roces con él! :
habría que enviarlos a todos a su país! : eso, hacernos pagar
el viaje a los contribuyentes! : los nazis tenían razón! :
yo estoy seguro de que es la sífilis! : enfrentado de pronto al
oso navideño que sirve de reclamo a la triunfal película de
Walt Disney : objeto de la atención cariñosa de la chiquille-
ría convocada a bombo y platillo al lugar : a lo largo de la
cola zigzagueante de padres y madres de familia, con la prole
risueña en los brazos : réplica agrandada de aquellos campe-
chanos oseznos de felpa que adornan las camas infantiles en
las tibias mansiones de la burguesía : mamífero carnicero
plantígrado, de cuerpo pesado y macizo, pelaje espeso, patas
gruesas y fuertes, uñas recias, ganchudas : solitario morador
de países fríos, inteligente, astuto, cuerdo, de proverbial
arrojo y valor en momentos y situaciones de peligro : amuñe-
cado por obra de su artífice, con toques melifluos de holly-
woodiano candor : ausencia total de cuelgacuelga en la entrepierna hircina : privado de los más nobles atributos de su ro-
busta disposición : encarados los dos, con leve asombro mu-
tuo : tiempo de intercambiar una mirada neutral, comedida :
cuerpo domesticado también, sumiso a ellos : vergüenza, humillación, asco, a eso le llaman vida! : pagar, siempre pagar,
techo, calor, sueño, comida, pagar, pagar, para eso venimos
al mundo? : abandonándolo al fin a la torpeza de sus movimientos : al ejercicio venal de su irrisoria alegría : sortear los
parachoques inmóviles de la rue Poissonnière hacia la acera
opuesta : la opulenta terraza del Madeleine Bastille : escoltado por la mirada inmisericorde de candidatos al beatífico
tecnicolor de Walt Disney : los tenebrosos pies en el helado

14

asfalto: caminar, siempre caminar, ajeno al mudo rechazo
de los transeúntes : a la bendita prudencia con que se apartan
para evitar el contacto : al aséptico, circunspecto temor de sus
semblantes yermos : avanza, sí, avanza, no te pares, no hagas
caso, actúa como un ciego, no cruces jamás su vista, el leproso
que anda, el monstruo, el apestado, eres tú, eres tú, eres tú :
atravesar la bocacalle de Notre Dame de Recouvrance, las
grandiosas rebajas de un musicalizado almacén de tejidos : la
rue de la Ville Neuve, con la flecha indicadora del cine y el
anuncio del tentador programa : DOUBLES PÉNÉTRATIONS, JEU-
NES FILLES EN CHALEUR : LE RYTHME MAXI-PORNO DES SCÈNES
VOUS FERA JOUIR! : todavía otra terraza de café : media docena de mesas protegidas del frío por el grueso cristal de la
luna : acuario iluminado, de oronda clientela nenúfar : palco
que se interna en el escenario y auspicia una visión privilegiada de la enigmática aparición : el paso del meteco de so-
brecogedora figura : pies sombríos, descalzos, insensibles a la
dureza de la estación : pantalones harapientos, de urdimbre
gastada e improvisados tragaluces a la altura de las rodillas :
abrigo de espantapájaros con solapas alzadas sobre una
doble ausencia : yo mismo : imagen venida del más acá : aparentemente incapaz de objetivar su situación fuera del flus,
daiman el flus que continuamente repito : inmune contra las
reflexiones malignas del gentío desparramado en la acera : un
fou probablement, qu'est-ce qui peut se passer dans sa tête? :
rompiendo a reír para sus adentros : como si no lo supieran! :
como si no supieran lo que se pasa en mi cabeza! : vergüenza,
humillaciones, asco, eso que llaman vida! : o es que también
son ciegos? : rebasar el ángulo de la rue Thorel, dos mujeres
de la policía municipal con uniformes color berenjena : absor-
tas en la tarea de rellenar los formularios de las multas a los
automóviles en estacionamiento prohibido : sobrecogidas

también de inquietud cuando al fin te contemplan : tu ne crois pas qu'il faudrait prévenir le Commissaire? : laisse tomber, on a presque fini, je veux rentrer à l'heure : siguiéndole no obstante con los ojos mientras se aleja, pasa delante de la relojería y tienda de óptica, evito un romboedro rojamarillonegro de Kodak, bordeo la avanzadilla estratégica de una sastrería cuyos modelos infestan la acera : proseguir más allá del estanco, el quiosco de flores, la agencia de empleo : andar, andar todavía como un autómata : escudarse en el propio horror igual que una coraza : si mi mirada echase fuego, si mis ojos pudieran lanzar llamas : nada tras de mí, todo muerto a mi paso : incendio, puro incendio : los escaparates, las tiendas, los automóviles, las casas, sus habitantes : chatarra, huesos, ruina, cementerio, sólo tierra quemada! : un caballero calvo con un abrigo de pieles, familias de cinco en fondo que, al topar contigo, rompen bruscamente la alineación, desenlazan las manos enguantadas : tu as vu sa tête, papa? : oui, mon petit, c'est rien, ne le regarde pas comme ça, c'est mal élevé : nueva terraza climatizada, la silueta bidimensional de un cocinero con toca blanca sosteniendo la lista de platos de un menú de promoción turística : inocente estupor de rostros infantiles, muecas furtivas, gestos de soslayo : el paria, el apestado, el negro se mueve libremente, nos mira sin mirarnos, parece fraguar algo en secreto, se enorgullece de nuestro espanto : de dónde sale? : quién lo ha soltado? : cómo pueden dejarle así, con sus llagas y andrajos, en lugar de ponerle en cuarentena bajo severísimo control médico? : reto, provocación, tentativa de movilizar contra él los reflejos defensivos de una comunidad permisiva y liberal, pero resuelta a defenderse con uñas y dientes de cuanto atente al orden social y bienestar de la familia? : garbanzo negro, oveja tiñosa, parásito desentonador: desacorde instrumento en la ejecución

de una partitura : metáfora perdida entre los signos algebraicos de una ecuación : computadora que, en vez de suministrar
la respuesta exigida por una comisión de expertos financieros,
transmuta sus datos en violento poema antimilitarista! : pasada la farmacia, la boca del metro, el estudio fotográfico, la
camisería : por la acera elevada cuyo pretil domina progresivamente, en la convergencia de la rue de la Lune y la rue
Cléry, el tránsito fluido del bulevar : bajar por ella, pegado a
la barandilla, sin una ojeada a la antigua, venerable mole de
la Porte Saint Denis : obligar a apartarse a quienes vienen en
sentido contrario, te observan pasmados cuando se cruzan
contigo y vuelven la cabeza con la aversión y alarma pintadas
en sus semblantes : proseguir la marcha sin verlos, aunque sabiendo que te miran : una sensación de escozor que recorre
mi espalda y parece agolparse en la nuca : pero seguir, seguir,
atravesar la calzada entre los automóviles inmovilizados por
el semáforo, ganar la esquina donde día y noche montan
guardia media docena de prostitutas : avanzar, avanzar todavía, quioscos de periódicos, self-service, papelería, discos y
material escolar, africanos con totems y objetos folklóricos,
muestrarios callejeros de un Prisunic, veredas atestadas de
gente : revulsión, inquietud, náusea afloran súbitamente a sus
caras, crean el vacío en torno a él, le envuelven en un nimbo
espectacular de peligro : animal de especie inclasificable y
desconocida, producto triste de infausta conjunción astral :
alejémonos de él, no nos roce su aliento, cubramos prudentemente narices y bocas con suaves pañuelos esterilizados : tele-
foneemos al servicio municipal de basuras : su cercanía es una
amenaza a la salud pública : todos podemos sucumbir al con-
tagio : camino del bulevar Sébastopol, sortear la entrada de
la estación Strasbourg-Saint Denis, el quiosco de revistas yu-
goslavas y turcas, la mesilla del individuo que plastifica en

unos segundos toda clase de documentos : hasta dar con la
sonriente celadora del sombrero de fieltro, abismada en el habitual ejercicio de su minúsculo apostolado : reparto de octa-
villas con el dibujo de un sol cuyos rayos quiebran la cadena
aborrecible del pecado y un mensaje del fundador de la misión SALUT ET GUÉRISON : tendiéndole una, con imperturbable
expresión benigna, sin reparar en que soy yo quien está delante : oui, mon pauvre ami, Dieu pense à vous, Il vous veut
du bien, Il se soucie de votre salut, laissez-Le donc rentrer
dans votre coeur! : votre maladie peut être le péché de votre
âme, mais de même qu'Il a guéri le lépreux, de même Il vous
pardonnera chaque péché, si vous Lui faites appel : croyez-
moi, rien n'est impossible avec le Seigneur! : círculo de curiosos, agolpamiento inmediato alrededor de los protagonistas,
expectación popular centrada en el bolsillo del fantasma-
górico gabán donde cobija, con reticencia, la mano : acep-
tará? : cogerá la hojilla rectangular de papel que confiada-
mente le alarga la piadosa activista? : el suspenso se prolonga
unos segundos : expresión inefable de la devota, silencio de
los mirones al acecho del aparecido y su imprevisible reacción
: al fin la dudosa extremidad emerge con la cautela de un resucitado abandonando las tinieblas de la tumba, esboza, to-
cada de súbita gracia, el ademán de tomar la hoja, pero cambia de opinión, la alza con rabia avasalladora, la plantas en
medio de su mejilla, le doy una sonora bofetada : ma bghit
ual-lú men-nek, smaati? : y agregar todavía, al darle la espalda y abrirse paso entre el paralizado gentío : naal d-din
um-mék! : susurros, exclamaciones de sorpresa, medrosas,
tardías reacciones de ultrajada dignidad : ça alors! : j'ai jamais vu une chose pareille! : ils se croient tout permis! : frap-
per publiquement une femme! : oh, vous savez, chez eux, je
les connais bien, j'ai vécu quinze ans là-bas! : avez-vous be-

soin de quelque chose, Madame? : c'est rien, Monsieur, c'est rien, un pauvre malheureux, il n'est pas sain d'esprit, on peut pas lui tenir rigueur de son geste! : a salvo : fuera de alcance de sus voces, al otro lado de la calzada del bulevar : terraza-acuario del café de France, nuevo quiosco de diarios, sastrería de confección, saldos de peletería, emblema rojo de un café-estanco : seguir cuesta arriba por Strasbourg, sin prestar atención a los que me miran : muecas, expresiones de disgusto y repulsión : mi fecunda cosecha : despejar su trayecto con visible apresuramiento : incapaces de encarar el desafío que su existencia plantea : pies sombríos, descalzos, insensibles a la dureza de la estación : pantalones harapientos, de urdimbre gastada e improvisados tragaluces a la altura de las rodillas : abrigo con solapas alzadas sobre una doble ausencia : las orejas, Dios mío, dónde están las orejas? : nuevo salón de cine, triple programa anunciado con luminosos parpadeos : À PLEINS SEXES, DECHAÎNEMENTS CHARNELS, LES JEUNES BAISEUSES : INTERDIT AUX MOINS DE 18 ANS : como el fuego, sí, como el fuego, rostros, trajes, sonrisas, rociarlo todo con gasolina, encendedor, cerillas, lo que sea, lanzallamas mis ojos, destrucción, regueros de fósforo, gritos, antorchas humanas : en el ángulo peripatético de la rue de Metz : atravesar la calzada a tientas : ganar laboriosamente la otra orilla sin perro, guía, bastón : impermeable y extraño a la reacción que invariablemente suscita : los : mira su cara! : no, no puedo, es más fuerte que yo, me pone enferma! : quizá se ha fugado del asilo : deberían detenerle, avisar a la policía, conducirle al dispensario más próximo! : un hombre joven aprieta la cabeza de su hijo contra el pecho, como si intentara protegerlo de tu mal de ojo : otro apura bruscamente el paso y hace ademán de santiguarse : horror, soledad, vacío, aguda sensación de muerte viscosamente adherida a la espalda : qué dice? :

19

parece como si murmurara : no hay nadie que se haga cargo de él? : al lazareto, al hospital, a la cárcel en vez de envenenarnos la calle! : sombrerería, bolsos y artículos de piel, passage de l'Industrie, el lívido, sulfuroso, espeluznante panel de un filme de espanto : L'HORRIBLE CAS DU DOCTEUR X : vampiros inclinados sobre pechos desnudos, caninos incisivos, profusos regueros de sangre : mensualidad de doncella núbil destinada a avivar el apetito de un protervo investigador fáustico? : o a rejuvenecer las tiroides de una castellana provecta, arriscada en la niebla y altura de un château-fort de los Cárpatos? : el rostro ansioso con que la dama, esquematizada como la reina de Blanca Nieves, contempla la succión pectoral del doctor a la virgen artificiosamente dormida, apunta, a todas luces, a la segunda y más excitante hipótesis : el vampirismo como fruto de noble sentimiento marital : al servicio de causa errada, pero digna no obstante de simpatía : enfocar con mirada ciega, como objetivo previamente obturado, los segundones y comparsas representados en la fachada del cine, encima y a los lados de la taquilla : las probetas, murciélagos, salas de vivisección, depósitos de cadáveres del transilvano castillo : sin advertir, aparentemente, la nueva y ya multitudinaria aglomeración : el súbito, arracimado anillo de peatones que le observan, me observan, como a un suplementario reclamo de la película : criatura forjada por la mente crepuscular y enfermiza del sabio y cuitado investigador : a la espera silenciosa de mis gestos : hipnotizados por tu forzada, dolorosa inmovilidad : lo deben de haber puesto ahí para que mordamos el anzuelo : lo del rostro es maquillaje y pintura : hoy día con tal de vender la mercancía, se recurre a cualquier exhibición de mal gusto : una imagen de horror demasiado realista : el vestuario absolutamente perfecto! : no verles, no acatar su presencia, deliberadamente otorgarles helada trans-

parencia, invisibilidad : atento tan sólo a la fantástica proliferación del guiñolesco panel de la sala : extravagantes criatu-
ras con torpe articulación de cangrejos : mujeres deformes,
hidrópicas u ominosamente preñadas : correcorre de monstruos lucífugos huyendo de subterránea explosión : descartar
el terror real : acogerse, como quien se acoge a sagrado, bajo
el reino misericorde de la mentira : confundirse con los perso-
najillos que en el lienzo anunciador hacen muecas, te tiran de
los faldones del abrigo, brincan alrededor de sus pies descalzos, me integran en su escenografía reptante con entusiasmo
feroz : avanzar por la entrada cubierta de pósters y fotografías, pasar sonámbulo ante la vieja sobresaltada de la taquilla,
bajar la breve escalera hacia la exigua sala de proyección :
desviar a tu propio rostro el haz luminoso de la acomodadora
que pretende guiarte a una butaca vacía y escuchar su grito
ahogado, la sofocada exclamación de pánico mientras retro-
cede, deja caer la linterna de bolsillo, da media vuelta, em-
puja la puerta de salida, sube precipitadamente los peldaños :
de vuelta al útero : sumido en la fetal, sedativa tiniebla : pro-
visionalmente arrancado a su mundo gracias al oportuno, generoso indulto de la oscuridad : contemplar el adusto salón
neogótico del castillo listo para la cena : el doctor y su esposa
presidiendo el ágape en honor de la joven y bella invitada rubia : la mesa rectangular pletórica de manjares, los candelabros de luz precaria y trémula, el mayordomo atento e inex-
presivo : su previsible ademán de servir el brebaje fatídico en
la copa de cristal de la víctima : torva mirada de connivencia
de los anfitriones cuando la incauta doncella la lleva a los labios y cae fulminantemente dormida : acarreo inmediato del
cuerpo inerme al laboratorio contiguo : expresión codiciosa
de la castellana mientras el sabio despoja a la infeliz de sus
prendas hasta dejarla desnuda

oh, comme elle est jeune!

patiente un peu, chéri, je vais lui tirer tout son sang!

cerrar los ojos, descansar, dormir, soy yo, no miran, me ampara el horror de la película, abolido el infierno, el mundo de ellos, no prestan atención a su existencia, han pagado la entrada, quieren disfrutar del espectáculo, una manera de matar el tiempo, dejarte en paz en la primera fila, olvidar la ciudad, las calles, el gentío, la cruda agresión del tráfico, recorrer otros lugares, otros ámbitos, levitar sobre un tapiz, continentes y océanos, otro país, errancia, hospitalidad, nomadismo, la vasta latitud del espacio, otras voces, su lengua, mi dialecto, como antaño, en medio de ellos, vivo, soy, me muevo, libre al fin, camino del mercado

RADIO LIBERTY

nuestro lema más noble : el progreso : colonizar el futuro lejano sujetándolo al dictado de una inflexible programación :
sacrificar por ello la natural propensión a la indolencia y el
juego : desembarazaros, una tras otra, de vuestras costumbres
atávicas : configurar poco a poco las aspiraciones humanas
conforme a los sabios imperativos de la producción
crear entre los ciudadanos una sólida mentalidad consumista :
invención incesante de nuevas necesidades cuya satisfacción
adecuada imponga al individuo un esfuerzo continuo de me-
jora y superación : adaptar la tecnología al hombre e, inversamente, el hombre a la tecnología : fomentar la simbiosis de
ambos : someter la totalidad de los recursos físicos y morales
a la consecución del objetivo propuesto : nuestra firmeza al
respecto excluye toda clase de arreglos y por eso advertimos
a enemigos y detractores : para preservar el nivel de consumo
del pueblo estamos dispuestos a todo : si es preciso, a inmolar
al propio pueblo : este es un principio filosófico con el que no
transigiremos jamás

una perspectiva exaltante : adaptación paulatina del individuo al medio, mutación gradual del organismo a las nuevas
condiciones técnicas y ambientales : pues del mismo modo
que las especies subterráneas pueden prescindir del sentido de
la vista en la medida en que resulta para ellas un lujo super-
fluo o que el paso del cuadrúpedo al bípedo se traduce en la
notable reducción y afinamiento de sus extremidades manuales, la revolución que llevamos a cabo producirá a la larga un

tipo distinto de ser humano, un fabuloso espécimen de hombre nuevo : atrofia progresiva de aquellos órganos que por falta de uso o, más propiamente, de objeto devienen molestos e inútiles : para qué conservar por ejemplo piernas de longitud y robustez exageradas si la función para que fueron creadas pierde su razón de ser? : la generalización del coche utilitario, al trastornar la noción de movimiento, ha arrinconado la ancestral precisión de caminar en el desván de los trastos viejos : de ahí nuestras audaces, enardecedoras previsiones : el hombre de mañana dispondrá de unos miembros rigurosamente acomodados a la estructura del vehículo de su propiedad : antebrazos idóneos para el diámetro del volante, tibias ajustadas a los pedales de embrague, freno y acelerador : armonía completa entre naturaleza e industria : conformidad de las leyes evolutivas del homo sapiens con las normas productivas del centro planificador

inculcar en el ánimo de nuestros ciudadanos el sentido de responsabilidad : ayudarles a ver claro en el interior de sí mismos : asistirles en el arduo camino que conduce al futuro suprimiendo cuantos obstáculos se opongan al desarrollo y florecimiento de su personalidad : convertir a cada individuo en el consumidor integral, absoluto que deja en nuestras manos no sólo la organización de su vida profesional sino también el cumplimiento de los antojos de su esfera privada más íntima : desde la elección de indumentaria, peinado, encendedor, automóvil, itinerarios de viaje, deporte favorito, a la selección cuidadosa del cónyuge y la programación de los hijos, teniendo siempre en cuenta, como es obvio, la peculiaridad de sus deseos y aspiraciones natural, espontáneo, desenvuelto, el hombre moderno vive su vida sin alterar fundamentalmente su forma de ser : la identidad consigo mismo se refleja en una continuidad de su estilo : este estilo propio, personalizado, a la medida de su medida, es el que nosotros le proponemos coordenando para usted una serie de combinaciones a menudo audaces, pero siempre compatibles : de la prenda interior al jersey, de la bufanda a la chaqueta cruzada, del pantalón al sombrero, todas estarán armónicamente de acuerdo : una simple casualidad? : en modo alguno! : nuestro secreto está en reconocer su mismidad, ya que sabemos por experiencia que el ego de cada hombre difiere del de los demás : dicha diferencia, a veces oculta, a veces insondable, nosotros la cultivamos con esmero: sueña usted, por ejemplo, en reptar desnudo sobre un áspero suelo de ladrillo obedeciendo al silbato de una hierática rubia disfrazada del jefe de estación? : anhela que le introduzcan en el culo un paraguas plegable, pero con varillaje completo? : éstas y otras muchas fantasías las plasmará usted en cuanto entre en contacto con nosotros : abandone las chapucerías individuales de una mentalidad artesanal! : el mundo cambia, las costumbres varían, los gustos evolucionan : actualmente impera un nuevo concepto de la vida, con una escala distinta de valores : para llegar a ser plenamente usted mismo recurra a nuestros servicios! : nosotros localizaremos inmediatamente su punto diferencial

la prenda más firme, el valor más constante : su juventud ideas asociadas a ella : salud, espontaneidad, elegancia, esbeltez, dinamismo, desenvoltura, estampa deportiva, paño inglés, tarjeta de crédito, reuniones sociales, viajes en jet, güis-

27

qui en las rocas, amante pelirroja, veloz automóvil descapotable : por tanto : necesidad de defenderla de los agravios del tiempo : de aferrarse a sus gracias efímeras con sigilo y tenacidad : por qué aparentar sus años cuando la noción misma de edad resulta engañosa y equívoca? : por qué conservar su cabello gris y ralo, sus dientes cariados, su piel arrugada y enferma si tiene a su alcance la estimulante posibilidad de reemplazarlos con sutil y discreta naturalidad? : la época del bisoñé, cirujía estética, dentadura postiza, con la carga de ridículo que acarrean, ha pasado por fortuna a mejor vida : lo que hoy proponemos es sustituir su epidermis, filamentos, incisivos, colmillos, muelas artificiosamente gastados por las inevitables tensiones de la sociedad moderna con nuevos elementos que se integrarán de modo armonioso en una imagen rehecha y seductora de su organismo : nosotros le permitiremos reír, correr, gozar, exhibirse sin complejos, ajustando la figura que presenta a ojos del prójimo con la que usted acaricia en su fuero más íntimo : pero necesitamos para ello su colaboración : decídase a ser realmente joven! : no deje que las circunstancias, el cansancio, su desdichada propensión al pesimismo decidan por usted! : recuérdelo : confiar el poder de decisión en nuestras manos será siempre la forma más segura de decidir por usted mismo

nuestros dos polos de alternancia : consumo versus producción : supresión de estadios intermedios, eliminación de aquellos tiempos muertos en que los ciudadanos no consumen lo que han producido ni producen lo que más tarde consumirán : regular para ello estrictamente el uso de las horas de asueto, canalizar los deseos y aspiraciones del individuo al campo magnético de nuestra filosofía social : asociar por ejemplo la idea de reposo con la de colchones e hipnógenos, la de vagabundaje y errancia con la riquísima gama de propuestas evasivas elaboradas por los organismos responsables de publicidad : mejor aún : aspirar a la perfecta simultaneidad de los dos polos : creación de un paradigma de consumidor productivo y viceversa mediante un desdoblamiento provocado de sus mecanismos y funciones síquicos y vitales : posibilidad de comer, beber, conducir, solazarse sin abandonar por ello su condición esencial de eslabón en la cadena del progreso : embriagadora perspectiva de prolongar en el sueño los cargos y responsabilidades ejercidos durante las horas de trabajo : salto dialéctico, cualitativo de incalculables consecuencias : asunción orgullosa por parte del individuo de un modelo superior y más noble de humanidad

una evidencia : las conquistas sociales de nuestra época resultan cada día más onerosas para el bolsillo de un contribuyente abrumado ya de impuestos y cargas en estos difíciles tiempos de crisis : significa ello que debamos tirar por la borda lo que constituye sin duda un paso gigante hacia la seguridad y el progreso de la especie humana? : podemos acaso dar marcha atrás sin desdecirnos abiertamente de nuestros dogmas y renunciar a nuestras creencias optimistas en cuanto al avance de la historia? : la respuesta es a todas luces negativa y cualquier decisión en este sentido conculcaría nuestros principios de libre juego y sentido de responsabilidad : estimamos indispensable, al revés, tomar al toro por los cuernos y afrontar el dilema con arrojo e imaginación : nuestra propuesta? : muy simple : reducir espectacularmente el presupuesto del Welfare State mediante una forma superior de concienciación : infundir en minusválidos, enfermos, lisiados y, en general, todas aquellas personas que componen lo que los medios informativos eufemísticamente designan la tercera edad, una visión clara y objetiva de su triste condición de parásitos : elementos inútiles que no producen lo que consumen y que, en buena lógica, deberían abstenerse de consumir : establecer cursillos radiotelevisados sobre el tema y abocarlos suave, pero firmemente a la única solución racional : su desaparición espontánea por motivos de dignidad : aconsejamos por ello a nuestros espectadores y radioescuchas : retírense a tiempo! : no impongan innecesariamente a los suyos la imagen execrable de su decadencia física y espiritual! : nosotros nos ocuparemos en facilitarles el tránsito a un estado de reposo perfecto : los gastos de la operación correrán naturalmente a cuenta del erario público y nos honraremos de ofrecerles en prima, a usted y su familia, un inolvidable, magnífico funeral!

inconvenientes del sistema : falta de tiempo, premuras de la vida diaria : necesidad de sacrificar, no ya los ratos libres, de distracción programada, sino también aquellos usos y costumbres que, a fuerza de repetidos, adquieren a menudo entre sus adeptos la solemne vigencia del rito : por ejemplo, la extendida creencia en el deber de hacer el amor a fin de regular la perpetuación de la especie : ceremonia complicadísima, cuya absurda reiteración a lo largo del matrimonio resulta no sólo enojosa para los cónyuges sino que supone igualmente, de cara a la comunidad, una pérdida incalculable de horas de trabajo! : desvestirse, acariciarse, yacer etcétera siendo así que existen otros medios, mucho más cómodos y eficaces, que aseguran a la mujer que desea un hijo la inmediatez de un higiénico, noble, casi etéreo embarazo : bastará para ello con que acuda a nuestro banco de inseminación cuya red de sucursales se extiende hasta las más remotas provincias : si, por los motivos que sean, su esposo y usted se hallan a miles de kilómetros de distancia y la situación tiene visos de prolongarse : si su marido, señora, es estéril o no disponen ustedes de tiempo para la bagatela o, simplemente, el acto de procrear les aburre, nosotros les brindamos la solución : visítenos! : la operación se llevará a cabo con pasmosa celeridad, en condiciones de asepsia e higiene absolutas : el banco protege el anonimato de los donantes, pero estudia a fondo sus características tanto personales como familiares en orden a garantizar la impecable calidad del producto : por dicha razón, ofrecemos un incentivo monetario a los varones de pedigree superior : sus eyaculaciones son guardadas en tubos de plástico a una temperatura adecuada evitándole así a usted la horrible sorpresa del niño meteco, triste fruto de un gene mezclado e impuro : nuestra iniciativa se ha visto coronada de un éxito que nos ha sorprendido en verdad a nosotros mismos y hoy día la inmensa mayoría de las madres recurren ya a nuestros servicios en vez de exponerse a las dificultades y peligros de una engorrosa e inútil copulación

según los informes procurados por nuestros sociólogos y urbanistas existe una misteriosa pero probada correlación entre el suicidio y la violencia exterior, callejera : el aumento dramático de ésta se traduciría en una regresión igualmente espectacular del número de personas que atentan con éxito a su propia vida : inversamente, cuanto mayor sea la cifra de suicidas, menor será la de delitos y crímenes de sangre que componen las páginas de sucesos de nuestras revistas y periódicos sensacionalistas : conexión sutil que, como la ley de equilibrio de los líquidos, mantiene la suma global de víctimas a un nivel regular, prácticamente invariable

decubrimiento de capital importancia del que nuestras autoridades municipales democráticamente elegidas se esfuerzan en sacar, como es lógico, todo el partido posible : pues si la prensa y grupos de oposición podrían achacarles, con causa, el horrible porcentaje de crímenes, agresiones y atracos que en sociedades menos precavidas que la nuestra amenazan de continuo la vida de los ciudadanos, a quién se le ocurriría la idea de responsabilizarlos tratándose, como hoy se trata, de meros e incuestionables suicidios? : por ello, convenientemente asesorados con un equipo de sicólogos y expertos en relaciones públicas, hemos emprendido una discreta y eficaz campaña destinada a fomentar entre las masas la idea de la nobleza y dignidad del gesto de quien libremente decide poner fin a sus días : desde la proyección de filmes y spots publicitarios en que la muerte voluntaria aparece pintada en tonos amables y casi risueños hasta el anuncio ubicuo, realmente obsesivo de hipnógenos y pastillas de uso indoloro y fácil : sin olvidar el establecimiento de un servicio telefónico de ayuda para inadaptados, alcohólicos, deprimidos : un mensaje grabado con una voz femenina cálida y persuasiva : consejos elementales repetidos a intervalos regulares en diferentes idiomas : no prolongue inútilmente sus sufrimientos! : evite convertirse en una carga para familiares y amigos! : acabe por las buenas con su soledad insoportable! : rompa de una vez el círculo vicioso de su angustia! : su desaparición no es forzosamente desagradable como usted cree! : con un poco

de imaginación de su parte podría resultarle incluso exquisita!
: dar a continuación una lista completa de drogas asequibles
en nuestros principales almacenes y farmacias : asistir fraternalmente a los auditores tocante a las modalidades de empleo : una, dos, tres docenas de píldoras en un simple vasito
de agua y añadir unas gotas de güisqui para mejorar el sabor
: o para almas exaltadas y puras, incurablemente románticas,
el burbujeo de una copa de champaña y un fondo sonoro con
retazos de Wagner, Chopin y Rachmaninov : convencer fi-
nalmente á los vacilantes con la lectura de pasajes escogidos
de Séneca o algún otro paradigma glorioso : la epidemia de
muertes voluntarias que azota últimamente la ciudad ha barrido por completo la violencia de nuestro horizonte y ha
puesto sordina a la campaña maligna de descontentos y eter-
nos opositores en cuanto a la energía e ingenio de nuestra
providente gestión

innegable también : existencia de algunas manchas en el cuadro : núcleos aislados, recalcitrantes, incapaces de asimilar los
supuestos y aprovechar las ventajas de nuestro inigualable sistema consumista : deliberadamente al margen del gran maelstrón del cambio : comunidades de procedencia dudosa, afe-
rradas con terquedad a normas de vida anacrónicas y enteramente superadas por el ritmo veloz del progreso : grupos pa-
rasitarios, productos residuales del metabolismo social, cuya
patética inadaptación a la sociedad de bienestar transforman
a veces, de cara a la galería, en gesto mendaz de rechazo
estos individuos sombríos, agazapados en sus madrigueras,
PB News los ha filmado para ustedes en las entrañas de nuestra ciudad, cien metros bajo el nivel del suelo, en su sensacio-

nal programa exclusivo Viaje al Centro de la Tierra! : una tosca, pero resistente comunidad de topos que, ajenos a nuestros principios de laboriosidad y rendimiento, elaboran en la perpetua oscuridad de las catacumbas una estructura social atávica, ahistórica, atemporal en la que el ciclo solar, base del calendario de todas las civilizaciones conocidas hasta la fecha, no desempeña papel alguno! : nuestros trogloditas han preferido la tiniebla a la luz, la suciedad a la limpieza, el roedor al humano, una opción difícil de comprender, señoras y señores, pero a la que el equipo especial de PB News, compuesto de Joe Brown y Ben Hughes, se esforzará en encontrar una explicación plausible esta noche a las nueve en punto con ayuda de los propios interesados!

ÁNGEL

la verdadera historia de mi vida? : un trauma juvenil incurable : imagen única, violenta, obsesiva, capaz de privarme de apetito y de sueño si, como el común de los mortales, me hallara sujeta noche y día a tan ruines y burdas necesidades : escena primitiva, reiterado punto de referencia que le acosa, ha acosado y acosará : incesante vuelta a empezar, paso adelante y dos atrás, con mi roca de Sísifo a cuestas : cómo desactivar la tensión, dime tú, de aquel episodio lancinante? : sin éxito probó, probaste remedios prescritos por médicos, tradicionales recetas de curanderos : pócimas, tisanas, jarabes, compresas con hielo, hierbas, ungüentos, pomos de sales : trabajo absorbente e intenso o, al revés, dolce far niente, largos períodos de descanso : pero nada, mi amor, lo que se dice nada : igual, igualito que el día de marras : talasoterapia bretona, cura de aguas en Sidi Harassam, reuniones de autocrítica en células del Partido, decúbito supino en aterciopelado sofá de siquiatra : o bien aturdirme, dice : ponerme bacilona, piripi : adoptar un proceder alegre y frívolo, deliberadamente infantil y chocante : acudir sin sostenes a casa del médico, guiñar cuando la enfermera se ausentaba, insistir en que te desabrochase el liguero, fingir un desmayo mientras me chequeaba : y todo para volver al punto de partida, permanecer donde estaba antes : el desastre, mi amor : un desespero : ni brujerías ni filtros ni sesiones de espiritismo con médiums, gatos negros, veladores en danza : incapacitada para ejercer tus funciones : en una palabra : irrecuperable : todo le aburría allá arriba : la empalagosa atmósfera de paternalismo, el celo servil de los colegas, la inaguantable esclavitud del horario : plenitud transmutada en vacío, perfección en estado opresivo, asfixiante : descuidaba deberes y ritos, bostezaba ruidosamente en los oficios, interrumpía asambleas y actos con bruscos falsettos, expansivas, contagiosísimas carcajadas : y su mal ejemplo cundía, amenazaba con relajar la disciplina y, lo que es todavía más grave, minar la vigencia y solidez de los mismos estatutos fundacionales : vuestro acervo sagrado, intangible, legado imperecedero del Padre : no hubo más remedio : someterla a un Tribunal de Conducta : desdeñaste consejos y exhortaciones, promesas de lenidad y olvido, coacciones sutiles, amenazas : me mantuve en mis trece : la beatífica morada de sus pares le caía muy ancha : descargó su conciencia, expusiste las razones de tu desvío, evoqué los incidentes inauditos de la misión que nos fue confiada: la visita al domicilio del justo, las miradas codiciosas del gentío, el asedio en regla a la casa : cómo resignarme después de eso a la inmutable rutina de un sistema gris y rígido, minuciosamente ordenado? : a la uniforme expresión risueña y diáfana de unas camaradas que, como adiestrados periquitos, cumplían las metas fijadas, repetían las consignas, entonaban a coro, sin descanso, las alabanzas del Jefe? : su puerilidad y dependencia me ponían los nervios de punta, su docilidad en acatar el nepotismo y caprichos de la omnímoda titular del Secretariado le llenaban de irritación y desánimo : estaban dispuestas a todo con tal de seguir en la línea : a negar la evidencia si fuera preciso : credo quia absurdum : decir negro si veían blanco : pero aquello no podía durar : las asambleas de base previstas en las reglas se convertían en un ceremonial huero, reducido a la salmodia de algunos eslóganes soporíferos o a un fútil parloteo de salón con los validos y deudos de la autotitulada Intercesora y Medianera de Todas las Gracias : inútilmente traté de provocar la discusión, restituir la pureza original de los principios, desenmohecer las palabras : en vano apuntó, apuntaste a las prácticas erróneas que insidiosamente han afectado el desarrollo armonioso de la comunidad : burocratismo, falta de espontaneidad, despolitización de la base, estricta censura, dualismo entre dirigentes y dirigidos, endiosamiento de aquellos, desamparo absoluto de los coros inferiores frente a sus supuestos representantes, inamovilidad de las nueve jerarquías, ausencia de espacios de discusión, intrigas y juegos de camarillas, concentración omnívora de poderes en el vértice remoto de la pirámide : no te escucharon : aferrados a una interpretación oportunista y literal de la doctrina, escudados en sus privilegios como en un inexpugnable baluarte condenaron sus oídos, desatendieron mis razones, apuntaron con el dedo a presuntos errores y actitudes personales incompatibles con el decoro y grandeza del cargo : en vez de discusiones fecundas, planteamientos innovadores, audaces, una lluvia de acusaciones menudas, indolencia, laxismo, sobrevaloración de mi propio papel, subjetivismo, estrellato : con la histeria liminar, compulsiva inherente a toda caza de brujas : envuelta en la malevolencia suspicaz de sus camaradas, vigilada, seguida, acechada en sus menores gestos, movimientos, palabras : correveidile, atmósfera agobiadora de espionitis, sicosis de complot, paranoia defensiva, mentalidad policiaca : preguntas capciosas, observaciones despectivas e hirientes, miradas conminatorias, fiscales : añadiendo de continuo nuevas pruebas al ridículo proceso de intenciones que fraguaban : que si me adormecía en los discursos del Jefe, recitaba a desgana las preces canónicas, sintonizabas a escondidas emisoras de radio extranjeras, se embebecía secretamente en la lectura de revistas de modas : denuncias grotescas de cosmopolitismo, imitación rastrera de costumbres nocivas, foráneas, extravagantes : o puras invenciones malignas de alguna activista frenética, sectaria, mentalizada :

como lo de haber agregado al salmodiar Fiat Lux ese Item
Volkswagen que corrió de boca en boca hasta llegar a los es-
candalizados oídos del brain-trust de la Madre : inculpacio-
nes de irreverencia y desacato, incumplimiento de votos, graves infracciones disciplinarias : imposible encauzar el debate
por canales de discusión razonable : las militantes acusaban y
zaherían a gritos, manipulaban las declaraciones confusas de
mi desdichado compañero de aventura, buscaban un chivo
expiatorio de sus ansias ocultas, frustradas : pues era evidente
que desfallecían de envidia : celosas de tu difícil, pero exaltadora misión : de la gracia que te fue conferida : de que hubieras sido antepuesta a las hijas del justo por los malignos y vi-
ciosos habitantes : sentimiento perceptible bajo el barniz de
mentido desprecio con que seguían el comportamiento de las
hembras de aquel universo crudo y bajo : conversaciones a
media voz sobre la prominencia de sus pechos, la enjundiosa
rotundidad de las caderas, el arcano genésico de sus veladas
honduras y anfractuosidades : cuántas veces, a espaldas de je-
rarcas y jefes, las habías sorprendido ajustándose los pliegues
de la túnica, mensurando con ayuda de una cinta el perímetro
modesto del talle! : les fascinaba, te lo juro, su insolente y
provocadora coquetería, la increíble facilidad con que se ren-
dían al apetito cerril de los machos : esos breves y feroces
apareamientos de los que hablaban con prudentes remilgos,
ceñidas en un manto de majestuoso desdén y recato : cómo
sería, se decían, ese órgano femenino imaginado y jamás
visto, pero que intuíais nacarado, floral, exquisito, como el
perigonio odorífico de las plantas? : será lindo, receptivo,
sensible, delicado, fragante? : debatíamos en petit comité
aleatorias posibilidades de cabida, miríficos poderes dilata-
bles : ya que lo que os cuelga, mi amor, era, por decirlo así,
pan comido : cumplida su misión informativa, los enviados

solían introducir en la valija bosquejos de diferentes ángulos que pasaban de círculo en círculo sin licencia de importación ni sello de Aduana : total : que en vez de menospreciar a las mujeres secretamente las celábamos : y he aquí que tú, que ella, pese a su cuerpo liso y neto, cabello tonso, rostro asexuado había sido escogida de preferencia a los floridos retoños del santo varón por aquel núcleo de catadores avezados! : algo como para hacer crujir de dientes a las mili-tantes de la organización, desde los coros inferiores a las jerarquías más altas : por qué ella, yo, y no nosotras, es decir ellas, se decían ellas, comprendes, amor? : muertecitas de envidia, de secretaria de célula a jefe de sección, preguntando, machaconamente preguntando : qué hacían, di, cuenta cochina, suéltalo de una vez, empalmaban, te magrearon, enseñaban las partes? : y ella, yo, todavía traumatizada por el asedio, griterío, insultos, apuro del varón, curiosidad malsana de su difunta, expresión ofendida de las hijas, súplicas, llanto, amenazas : perseguida por la imagen de aquellos barbianes híspidos, montaraces, brutales, acometidos de vehementes deseos de someternos, a mí y al atribulado colega, a los espasmos de un placer violento, ignorado, salvaje : no podía, no pudo adaptarse a los parámetros de una existencia normal, sufrir la malquerencia de sus compañeras humilladas : el Tribunal de Conducta fue para ti un alivio : el último Concilio había desterrado felizmente los excesos cometidos en anteriores períodos, durante el llamado culto personal, la menopausia agresiva de la Madre : ahora los campos de trabajo del averno están casi vacíos, como dice el Guía Supremo en la nueva, expurgada versión de sus Escritos no se elimina ya a nadie : aceptó, aceptaste la inapelable sentencia : condenada : y agarré el billete, el pasaporte, el exit permit de mi paraíso gris y áptero con una sensación regeneratriz, bautismal que todo aquel que ignore esta experiencia podría siquiera imaginar : las tinieblas exteriores al edén, el proceloso mundo libre al que me habían arrojado eran para ti, para ella promesa y símbolo de una presentida dicha corporal, de un fértil, estimulante desorden de los sentidos : el primer contacto con el febril ajetreo de las urbes, la voraginosa existencia de las metrópolis me deslumbró : frecuentaste cabarés y night-clubs, saunas, porno-shops, salones de masaje : era una reacción lógica contra el régimen adusto y monacal en que habías vivido : obedecía a una sed ardiente de conocer, a un noble, salutífero deseo de informarte : películas hard-core en un sucio local de la Calle 42, instrumentos y artilugios amatorios en un almacén de Christopher Street para clientela especializada : vibradores eléctricos, collares y brazaletes tachonados, condines digitales, atrapapezones, anillos testiculares y fálicos, grillos, mordazas, esposas, látigos, avíos, correajes : confundida, perpleja, estupefacta con la increíble panoplia de godemichets de avasalladores calibres y tamaños : ahora que conozco el quid, ya sé : pero entonces, mi amor, te lo juro : noches y noches de duda y angustia, ovillada en su mísero cuartucho de hotel, dando vueltas y vueltas al asunto : sin llegar a distinguir la mórbida, esplendente fantasía de la realidad prosaica y vulgar : oscilando de un extremo a otro con la pregunta sin cesar repetida : Dios mío, Dios mío, dónde está la verdad? : tenías que dar el salto cualitativo, pasar del dominio puramente especulativo a la praxis enaltecedora de lo concreto : y ahí tropezaba con insalvables obstáculos : su cuerpo somero, adaptado a las condiciones sutiles, peculiares del éter, carecía de órganos adecuados a la fertilidad fuera de una poética y muy improbable polinación : había que operarse, practicar una profunda incisión en tu pubis escueto, crear un receptáculo suave, tibio y hospitalario donde el instrumento pudiera desplegarse a sus anchas y alcanzar cómodamente los límites de un extremo y conciso rigor : consulté con afamados especialistas, expuso su caso a siquiatras y médicos, cató las primicias de un generoso tratamiento hormonal : trocó, trocaste tus hábitos estrictos, funcionales por prendas sugestivas y audaces ajustadas a las prometedoras convexidades de tu nueva y opulenta configuración : sin atreverse aún a lanzarse al agua, a aceptar de una vez el reto, militó, militaste en grupos marginales, minoritarios, hiperpolíticos, metasexistas, ultra-radicales : reivindicó el derecho a la diferencia, a realizarte en la asunción de tu enriquecedora anomalía, a vivir públicamente, a la luz del día conforme a los dictados de mi irreductible singularidad : participó en asambleas y marchas, ocupaciones y sentadas, puse mi experiencia en materia organizativa al servicio de diferentes grupúsculos, me convertí en brigadista de choque de diversas formaciones de vanguardia : al cabo de un tiempo sin embargo, una no es ya una niña vamos, vio reproducirse en filigrana los mismos defectos y lacras del supuesto paraíso yahvista : dogmatismo, afán de poder, esclerosis doctrinal, compartimentación, aislamiento, subrepticia reconstitución de jerarquías : señalaste el peligro, denunció la emergencia de un nuevo liderazgo sin otro resultado que atraer sobre ella la incomprensión, el rencor, la inquina venenosa : acusada otra vez de personalismo pequeño burgués, violación de estatutos, labor fraccional, desviacionismo tous azimuts : de chapotear complacientemente en el fango de inexcusables lagunas teóricas : de nuevo proscrita, excluida de juntas y convocatorias, víctima de toda clase de calumnias, leprosa, pestífera, contaminada : en fin : la depresión : el ciclo habitual de hipnógenos, calmantes, anfetaminas : lacrimosa reiteración de quejas y lamentaciones : vagas ensoñaciones suicidas : la alienación del mundo industrial, su gigantesca manipulación de bienes y

cuerpos se perfiló en mi conciencia con claridad salvadora :
de nada servían los consoladores, la exagerada panoplia de
metal y de cuero si, llegado el momento de la verdad, el ven-
cimiento irrecusable de la hora hache, el homo faber exhibía
en el coso un compungido pedúnculo, tímido, luctuoso, re-
tráctil : tenía que huir de allí, correr el riesgo de una compleja, alambicada operación, probar fortuna por ásperos, remotos parajes : el decorado de un viejo filme de amor era el
escenario ideal donde armoniosamente se insertaban los protagonistas de mi antiquísima violación frustrada : hombres de
una pieza como tú, investidos de brusco y convincente sexapil, armados de una herramienta soberbia, única, insoslayable
: acudí, corrió, volé, cruzó el océano, traspasé la alta sierra,
llegué al llano : un renombrado transformista confeccionó
para ti un florido jardín, un huerto acogedor, dulce y ameno
en el que el denso, cautivo fervor de un hombre azul pudiera
amansar sus ansias ancestrales, atávicas : lo demás lo sabes
ya, mi amor : la realización del diferido sueño concebido en
el ámbito de la ciudad maldita, abrogada : uncirte al yugo
de peroleras y busconas de los áscaris y soldados del Tercio,
arrojar los inútiles zapatos de tacón, hollar descalza la fina
ondulación de las dunas, caminar, caminar, perderse en el
desierto

CEMENTERIO MARINO

despacio, despacio, por el caos sonoro de la calzada, hacia el grupo compacto de árboles bajo los cuales Dios mío, es él, está aquí, ha vuelto, dónde?, te lo juro, no lo has visto?, se cobijan de ordinario los peatones de la tenaz ofensiva del sol, mirándole, mirándome, con leves muestras de dicha, sorprendidas, discretas señales de simpatía, reconocimiento jubiloso después de ausencia tan larga, como si al irme, al dejarlos, les hubiera privado sutilmente de algo, son ellas, mis amigas, son ellos, tus amigos, sin atreverse a detenerle y saludarle de frente, murmurando, con visible alborozo murmurando : ra hwa, faín hwa?, rah, rah, ḥda el-ḥanut d-d-duján, ma Katchufch x-xelaba xdida?, daba aad chuftú : sí, es cierto, cuánto tiempo, parece que fuera ayer, increíble, qué apuesto, no cambias, no ha cambiado : muchachos, muchachas, cuerpos núbiles presentidos bajo los caftanes : mujeres gruesas, maduras, de incógnito, gafas oscuras, mordaza escueta, blancos pañuelos bien ajustados : vendedores de lotería y cigarrillos por unidades, limpias en cuclillas, militares : crestas verdes y rojas, galones, forrajeras, indolentes, buscones, felices, cogidos de la mano : recaderos, chalanes, mendigos, burgueses, níveo atuendo fesí, agentes de tráfico bigotudos, solilocos furibundos, tullidos, forasteros, chiquillos : botas, cachiporras, cinturón, correaje de alguna pareja de Fuerzas Auxiliares : en el cruce de las grandes arterias de la villa, más allá de las paradas de taxi siempre concurridas, inmerso en la corriente de parroquianos del vecino mercado : por la arcada izquierda, frente a la farmacia y puesto de policía, terraza sombreada del café, ostentosa minuta del restorán Doghmi : sortear pregoneros ambulantes con su exiguo muestrario de quita y pon

: calcetines pantalones camisas prendas de interior femeninas cortauñas tijeras cromos chillones hierbas medicinales : prestos a escamotearlo en célere amén y eclipsarse velozmente con él al menor índice de peligro o amago de alarma : éxodo apresurado por callejuelas laterales a la espera resignada del sol : aguardando con sabia, veterana cautela el cese aleatorio de la borrasca : escena diariamente repetida a lo largo del consabido trayecto : escoltado del mudo respeto de sus admiradores : contentos de tenerlo de nuevo entre nosotros, de comprobar que ni la lejanía ni los años nos lo han arrebatado, hermano nuestro siempre, como en los viejos tiempos, cuando actuaba aquí, por estas mismas calles : exhibiciones de fuerza y destreza, verba incomparable, recitación coránica : riendo hasta las lágrimas sus historias salaces, carcajadas bruscas, los ademanes gráficos, socarrones, arteros con que imantaba al gentío alrededor de la halca, joven y airoso como entonces, agraciado incluso con la liberadora sección de engorrosos e inútiles pabellones auditivos, feliz de hallarme otra vez entre ellos, verificar con orgullo que no me han olvidado : no hay nadie como tú : bastaría con plantarse en la acera, invocar la clemencia divina, cruzar pensativamente los brazos, usar del carisma de la palabra para atraer a viejos y jóvenes, captar su atención, mantenerlos quietos, embelesados, suspensos, habitantes de un mundo limpio y perfecto, nítido como una demostración algebraica : saludar, estrechar manos, besos, parabienes, sonrisas, todas las muchachas me miran : mientras se emboca por la prolongación de Mohamed-el-Jamís, junto a los vendedores de ropa vieja alineados frente al restorán Chamal, evitando topar con los transeúntes que emergen de la quisaría, la cola de chicos del cine Mauritania : avanzar como en sueños, cegado por el reverbero de edificios y muros enjalbegados, áscaris de permiso, halwás al acecho, mujeres recién

salidas del hammam pies y manos cuidadosamente alheñados
: pasar el restorán de l'Union, el mataam-el-Jurría, el derb
Sebbahi : con la elasticidad y sigilo de un novio beduino :
como si fueras aún veintiañero y aguardaras la ocasión de lu-
cirte, tus prédicas, los chistes, público fiel que nunca te de-
frauda : rostros juveniles tensos de fervor, corro vasto y ceñido, lluvia de monedas, aplausos, besamanos, libertad de al-
bedrío, voz recuperada, dueño y señor de su propia vida, por
las calles recoletas de la medina testigo de pasados triunfos,
refugio propicio de mil y uno amorosos combates : alfombras, pieles de cordero y cabra, cuerpos tersos y limpios, flo-
ración vernal de pezones, hendiduras estrechas y húmedas,
besos inocentes y tímidos, centelleo jugoso de risas de candor
deslumbrante : sentir el flujo tumular de la sangre, rebeldía
contumaz del cuelgacuelga a su agobiadora pesadez, vertical
desafío a unas leyes de presunta e infalible verdad : telegrafía
de guiños, rubores ansiosos tras celaje de velos, raudas, hipo-
téticas citas a distancia : enjaulamiento, ágil brinco de fieras,
goce pulsante sobre pubis sin vello, caderas ondeantes como
dunas, grácil sumisión aceptada : junto a la vitrina marchita
de un Tailleur Chic y reclamo brillante de Au Coin de la
Mode, peluquerías, almacenes de tejidos, calor mitigado por
soplos de brisa, cercanía del mar perceptible en la humedad
de revoques encalados : calles, travesías desiertas, como intra-
muros de sonámbula ciudad portuguesa : vestigios de gloria
precaria e incierta, portales cerrados, andanas de balcones vacíos, señoriales viviendas desatendidas sin rémora, víctimas
de la incuria y hastío de sus menguados habitantes : derb
Tadja, derb Midelt, derb Sidi Ahmed Ben Alí : reconoci-
mientos, pleitesía, homenajes : manifiestamente dichosos de
recobrarte, de admirar su juventud portentosa, tu fuerza de
juglar, habilidad de poeta : olvidar asepsia, frialdad, anoni-

mato, rostros condenatorios, miradas adversas : amor, disponibilidad, aventura, callejeo fortuito, exaltación, ligereza : mientras dejas atrás un Tailleur Diplomé de Paris, un Coiffeur des Amants, un emblemático Tailleur de Choix : brevemente asediado por la música punzante de un transistor, impugnadora melodía de Xil Xilala : por fin estás aquí, te creíamos muerto, peor aún, perdido, ajeno a tu ley y tu sangre : ahora sabemos que no : has vuelto, no nos olvidaste : quédate en el país, buscaremos mujer que te sirva y haga compañía, mozas y mozos te desean, escogerás sin prisas aquel que más te agrade : calle abierta ante ti, travesía del Mar Rojo, contenido furor del muro vertical de las aguas : carpinteros, tejedores, ebanistas, menestrales : dos ancianos camino de la mezquita, un chiquillo con la figura de Bruce Lee en la espalda de su camisa estampada : purificado por la caricia salada del viento, ungido con la difusa transparencia del aire : como los días en que, después de la exhibición en la halca, introducías el taleguillo de monedas en tu cinturón, bajaba hasta las cejas la capucha de la chilaba, acudías a la tibia madriguera donde algún mozalbete o chicuela me aguardaban a hacer el amor : pasar el Tailleur des Quatre Saisons, canjear saludos con una enfática mujer embozada, rehuir la meliflua invitación de un filme hindú, un anuncio espectacular de Kung-Fu, el tropezón con dos acuclillados absortos en silente juego de damas : adelante, adelante, yalah, yalah, por la suave pendiente que lleva a la carretera de Slá, la hosca fortaleza en que se hacinan los presos, el mirador y jardines de la alcazaba : un niño besa su mano en signo de respeto, alguien dice Dios te bendiga, se vuelve, parece seguir mis pasos : exactamente en el cruce final de Mohamed-el-Jamís : camiones, vehículos de turismo, carretas atestadas : ajetreo de vendedores en las aceras, mucharabis, viejas celosías de madera, enseña mar-

chita del hotel Darma : afluencia juvenil a la puerta del cine,
brusca diáspora de final de sesión, combinadas proezas de
Karate y amoroso elixir indostánico : atravesar la calzada
con precaución, seguir recto por derb el Ubira : tableros de
ajedrez dibujados con yeso, piedrecillas en lugar de fichas, corrillos de mirones en torno a los rústicos émulos de Spassky :
espacio despejado, cielo tenue, nubecillas vagabundas como
hilachas de espuma, mechones de cáñamo listos para el hilado
: en la pendiente donde el gentío se arracimaba a escucharte,
tradiciones e historias oriundas de tu niñez, pastoreo por los
eriales y ramblas del Tafilelt, veladas en familia junto al candil de la jaima : dos centinelas de facción en sus garitas de
madera, palmeras gráciles y espigadas, verja herrumbrosa, automóviles con matrícula verde, soldados y chóferes indolentes, edificio macizo del Tribunal de las Fuerzas Armadas : hacia el muro de obra horadado que cierra la cuesta : cola de
mujeres ante la fuente, trasiego de tinajas y cántaros en la pila
de agua : agnición, muestras de cariño y afecto, bendiciones,
parabienes, cumplidos, suratas : al otro lado al fin : por la es-
trecha abertura que oficia de paso: abandonado al oreo de la
brisa, al roce sutil de sus ráfagas intermitentes, saladas : zig-
zaguear entre tumbas anónimas, lápidas y estelas de mosaico
: tras jóvenes, muchachas, grupos familiares cargados con
cestos y paquetes, prestos a una alegre jornada campestre,
asueto de los viernes, camino de la playa : muerta ciudad re-
corrida por hálitos de vida, Eros y Tánatos mezclados : nocturnas correrías de áscaris y efebos, agreste merodeo de zámiles : jadeos, susurros, caricias furtivas : lento espasmo de
cuerpos acoplados : imágenes, recuerdos que afloran de
súbito por las bifurcaciones del sendero, aquí amé, amó,
amaste, desvanecidos rostros de mozas y chiquillos, asperezas
del suelo compensadas con holguras de albornoz saharaui :

atalayar de nuevo la vasta perspectiva del océano, reiterado galope de blancos corceles, caballos marinos víctimas del acantilado : costa de atormentado relieve : rocas, farallones, caletas, espigones de cemento y piedra, nudo promontorio del faro : recinto amurallado del ruda, simétrica orientación de millares de tumbas a lo largo de abrupta ladera : hacia el campo baldío en que los niños juegan ociosamente al fútbol encima de borradas sepulturas, entre vestigios de friables osamentas : seguir la hilera de viandantes a la sombra del muro del Tribunal, contemplar estandartes y guiones de alguna romería de cofrades, desertar del atajo usado por los bañistas, torcer a la derecha hacia la fortaleza montaraz de la cárcel : visiones inasibles, imágenes fugaces, empañadas de sol y de bruma : espuma del cantil, cúpulas de marabús arruinadas, oriflamas al viento, penacho de palmeras, diminutas mujeres esparcidas entre tumbas como un vuelo de palomas asustadas : presencias convocadas de un ayer que sin cesar se renueva : visitas festivas, en compañía de sus padres, a la ermita de un salih : paseo a caballo, vestido de caftán blanco, el día de la circuncisión : brusco tijeretazo del barbero, gritos de dolor y de júbilo, convulsiones, yuyús, trapos embebidos en sangre : tarde, mucho más tarde, de vuelta al morabito rabatí, con mi chilaba nueva y el turbante de seda de Rissani pacientemente enroscado en tu cabeza como sierpe dispuesta al ataque : hidrópico de vida, caracol con domicilio a cuestas, durmiendo al sereno o en lecho de plumas según impulsos de un azar versátil : consuelo de viudas, protector de mozuelos, alivio de cuitadas : orgulloso de mi vigor y elocuencia, la hiriente facilidad con que acumulas las monedas y pródigamente las disipa en la embriaguez del encuentro amoroso o la euforia ligera del kif : sentir la gravidez juvenil del miembro entre las piernas, aceleradas pulsiones cuando avista la presa, el mejor,

el más bello, el más fuerte, el más astuto soy yo, es él, eres tú
: discurrir entre tumbas paralelas, por vericuetos y atajos cu-
biertos de hierba, preces de alguna mujer arrebozada en humilde toalla, aire tónico y fresco, leve bruma salina de impre-
cisa, esfuminada vivacidad : abarcar el macabro íntimo y
vasto : despliegue irreal de banderas y flámulas, cortejos de
cofrades y duelos, anticipada ansiedad de bañistas : crescendo de romeros en torno a la ermita, humano riachuelo ceñido a la ladera, impetuosa cabalgata suicida contra las sole-
dades del faro : siguiendo oscuramente, casi a ciegas, la inquieta dirección de tus huellas : objetivo de innumerables pa-
seos a solas, tras el bullicio de exhibiciones callejeras o el delicioso hastío de una noche en blanco : atraído, lo sabes, por la
misteriosa silueta inclinada a una de las tumbas, aparentemente absorta en arduo ejercicio de meditación : mujer o
doncella ataviada de rico caftán bordado, cabeza cubierta con
pañuelo de seda y un exquisito bolso Hermès abierto hasta
las fauces, en el que abrevia, indiscreta, la lista inconexa de
sus tesoros : lápices de labios, cremas faciales, pintura de párpados, frascos de perfume, maquillaje de fondo : algodón en
rama, un ostentoso tarro de vaselina, papel mentolado, un paquete de vendas hidrófilas : hemisferios frontales de insinuada turgencia, pezones sugestivos y eréctiles, hondo regazo
de turbadora disponibilidad : el velo transparenta la golosa
fruición de sus labios, los ojos te alcanzan como disparos a
quemarropa : cejas recargadas de rimmel, escueto lunar en el
pómulo, voz rauca y sensible, romántica interpretación de
Morocco
al fin estás aquí, te aguardaba desde hace largo tiempo, horas
días semanas meses años, sabía que vendrías, volverías a mí,
al punto mismo donde nos encontramos, amémonos como
posesos, no importa que otros miren, calentaremos los huesos

de las tumbas, los haremos morir de pura envidia, todo el makbara es nuestro, lo incendiaremos, arderá con nosotros, perecerá, pereceremos, vivos, convulsos, abrasados

SIC TRANSIT GLORIA MUNDI

abeja reina en el centro irradiante de la colmena : o, para ser
más exactos, incansable obrera áptera acomodada a las exi-
guas dimensiones de su alveolo : celdilla cavidad receptáculo
modestamente iluminado por luz cenital que, suspendida sobre las casillas sin techo, dispensa rugosidades, pliegues, patas
de gallo, conmuta penas de veinte y treinta años, generosamente amnistía esforzadas labores de sutil orfebrería dérmica
: mientras el zángano ronda ocioso o apurado, husmea las
puertecillas entreabiertas, verifica, compara, antes de deci-
dirse por la diligente operaria a quien confiará con altivo desdén, con brusco y huraño desabrimiento la extracción de su
substancia viscosa, nutritiva y espesa
aguardando tu llegada, mi amor, aquí me tienes, esperanzada
y activa después de tanto tiempo, sin prestar atención a la
malicia y rencor de sus colegas
regarde-moi ça, elle est encore ici, qu'est-ce qu'elle fout la gar-
dienne, crois-tu que les mecs sont aveugles?
burlas, gestos, risas histéricas, envidia, pura envidia, de mí, de
ti, de nuestro amor, el lazo irrompible que os une, vencedor
del espacio, incólume del tiempo : de haber sido yo la predi-
lecta, escogida y bendita entre todas las mujeres, gracia, don,
favor celestial que la alienta y sostiene, la ayuda a sortear dificultades y obstáculos, miseria, incomprensión, mezquindades
: rehacer una y otra vez tu itinerario, dedicada a su culto exclusivo, combatiente, aguerrida, monja soldado, siempre en
la brecha
alors tu nous laisses la place?
no te enfades, mi amor : no merece la pena
tu ferais mieux de prendre ta retraite!

lo ves? : se van, se cansan antes, mi temple de acero les confunde, la soberana indiferencia a sus cosquillas, a la agresiva petulancia de sus años : ignoran todo acerca de la vida, no saben que el amor es planta lábil, acreedora a mimos y cuidados, fidelidad perseverancia empeños de memoria agotadores para guardarte vivo, impedir que te borres, corroído por otros, afónico, sin rostro ni perfil, paulatinamente brumoso, esfuminado : por eso hablo contigo, desempolvo incidentes, recuerdos de un pasado luminoso, momentos de dicha y plenitud, periplo exaltante y común, más próximo cuanto más remoto

eh, toi, la vieille, pose bien ta perruque, tu ne vois pas qu'elle dégringole?

y tú : merci

con el empaque y circunspección de una dama, serena y consciente de lo efímero de las glorias, epopeyas mundanas

aún te veo, me veo, vagabundeando frente al cuartel, hostigada por la mirada apremiante de los espahis, entonada por múltiples y cordiales bebedizos ingeridos en el bar del hotel, eufórica, pero no borracha

dónde?

posiblemente en Bel Abbés, un edificio de una planta contiguo a la Legión, patio provisto de indigente piscina o grandioso bacín que un día, tú u otro jayán, llenó, llenaste, piernas macizas en compás, robustos brazos en jarras, jubilosa liberación renal, pródigo, puntual surtidor, cebada fermentada con lúpulo y boj, rubia proyección reciclada

te equivocas, no fue en Bel Abbés

ah, ya, Jenifra, el Grand Hotel, patio de mosaico ajedrezado, naranjos, limoneros, habitaciones por horas, hileras de puertas marrones o verdes, ondeante bandera tricolor, continuo ir y venir de soldados vestida con un traje aéreo y sutil, fino encaje holandés, ancho cinturón de satén, capellina de seda ribeteada

cómo dices?

plutôt un voile moucheté en polyester, un léger volant de dentelle qui souligne l'effet d'empiècement du corsage, le décolleté, le bas des manches et la taille : une jupe très ample à peine plongeante, coiffe et bouquet de muguet et de roses

dis donc, qu'est-ce que tu marmonnes?

déjalas, mi amor, no hagas caso : quisieran alejarte de mí, empañar mis recuerdos, anular tu presencia magnífica, reducirte a cenizas, disolverle en la nada : envidian mi experiencia, la hermosa solidez de nuestros vínculos, el culto de latría que tesoneramente te consagro : sigo, sigues, dónde estábamos?

en el Grand Hotel

sí, allí te vi, ligué, me fulminaste, alto, fornido, sombrío, radiante, tu increíble belleza potenciada por el severo uniforme de espahi

de espahi?

quizá del regimiento de tiradores indígenas : botas, correaje, galones, una placa con tu número de matrícula, pantalones bombachos, boina con borla, fúlgida braguera combada : me dijiste bonjour, era cuanto sabías en francés, y tu nombre, M'hamed, Ahmed o Mohamed : te expresabas armoniosamente en tu idioma y yo te escuchaba en suspenso, sorbía como un filtro tus palabras

no, no fue así

ligamos en la calle, me seguiste, para evitar murmuraciones, a unos metros de distancia, yo me volvía a mirarte a cada paso, temía que te desvanecieras, ser víctima de un cruel espejismo, no convencida aún de la palpable realidad del milagro

luego, al cerciorarme de que eras de carne y hueso, la meta de mi oscura persecución, mi atávico ideal encarnado, prolongué la deliciosa espera, inventé bifurcaciones y desvíos, dibujé zigzags y laberintos, diferí egoístamente la hora de sucumbir en tus brazos

espiados los dos por la mirada arisca de los viandantes, hombres rijosos, mujeres veladas, precoces, inquietos chiquillos, contorneando sin prisas, a la sanguina luz del crepúsculo, las murallas ocres, rosadas

murallas?

sí, murallas, no es un lapsus mi amor, la ciudad tenía murallas, te conocí, ligamos, en Tarudant, yo vestía de zarina rusa, con toca y manguito de piel como los de la gran duquesa Anastasia : inútilmente procuraba pasar inadvertida : en aquella medina secreta y ardiente, mi presencia imantaba afanes dispersos, atraía miradas de codicia, suscitaba roncos, por fortuna inaudibles comentarios

me hospedaba, recuerdas?, en el hotel de las flores : la habitación daba a la galería del primer piso, oculta entre cascadas de buganvilla y jazmín, madreselva, ágiles especies trepadoras : estallido moroso de pétalos rojos, amarillos, blancos a los que el rocío se adhería tenazmente, fino, risueño, como embelesado

desde el patio sombreado, con un cuadro central algo sumido donde profusamente crecían bambús, bananeros y otras plantas exóticas de hojas vastas, gruesas, perennes, con una sospechosa consistencia de plástico se elevaban voces destempladas de clientes acomodados a la fresca, en las mesas adosadas al murete que próvidamente ceñía el pensil : atmósfera íntima y recoleta, consumo vertiginoso de Stork bajo la mirada implacable de la dueña, presta a detectar inmediatamente al incauto borracho y a obligarle a salir, a abandonar las capuanas delicias del jardín, con una escueta, conminatoria señal de su índice ensortijado toi, fous-moi le camp!

rumor de avispero, zumbido de abejas que tú, yo mi amor, percibía en sordina mientras aderezada galas y vestidos, recorría los tesoros de mi ajuar, probaba ungüentos y cremas hidratantes, me pintaba un gracioso lunar en el pómulo

regardez-moi la Doyenne! : elle parle toute seule!

seule? : la seule c'est bien toi, ma pauvre fille! : yo no voy sola nunca : no me separo de él, le acompaño, le escolto, sigo porfiadamente sus pasos

estoy contigo, me escuchas? : dónde parábamos?

sí, Tarudant, el dormitorio, mi ajuar, la casa de las flores : era al atardecer, te acuerdas? : después del bochorno del día sopla un viento sutil, lenitivo, fragante : visto un traje de soirée : une charmante robe en coton blanc imprimée de fleurettes à décolleté bateau : llevo el cabello sujeto con un pañuelo de seda y un velo transparente, atractivo, como si fuera musulmana

aguardó a que las sombras se adensaran para hacer su aparición : bajaste la escalera abanicándote, con reserva y pudores de reina : el patio estaba lleno de mozallones : felás, comerciantes, chalanes, áscaris, policías : ambiente promiscuo de electrizante, sinuosa eroticidad : las conversaciones se interrumpieron brutalmente : acribillada a miradas por rostros oscuros y tensos, de pupila felina, abrasadora, punzante : la realidad se imponía con el rigor y nitidez de un axioma : empalmaban

cruzaste el edén medio desfallecida : su apoteosis recusaba el escenario : desdeñó ofertas, agasajos, cumplidos, sonrisas, invitaciones, pleitesías : altiva, triunfante, plebiscitada, a la espera confusa de algo : y allí estabas, mi amor, en uniforme de zuavo o de dragón, con tu rostro impenetrable y severo, labrado violentamente a martillazos : mi vista deslizó de ma-

nera instintiva al punto en que convergían las perneras del recio pantalón verde : a pesar de la mezquina opresión del tejido, comprobé su rebeldía : mirabile visu : el dispositivo de
tu argumento era eficaz, arrollador, contundente!

tenía, tenías en la mejilla un chirlo o cicatriz y dijiste que te
llamabas Abdelli, Abdellah, tal vez Abdelhadi : mira, aún
conservo tu foto

revolver el monedero en la dudosa claridad del sótano : críp-
tico lugar de su apostolado incansable : sin atender a la charla
malévola de las demás asistentas consagradas como ella al alivio y descarga de melifluas excedencias : laboriosas obreras
en la avara estrechez de los alveolos

no, no es él, no eres tú, no importa, te visualizo perfectamente
: pasé frente a ti con mis penachos, abanicos, diademas, lentejuelas, brazaletes, collares : objeto del fervor unánime de los
tuyos : seducidos por tus dones de artista, su garbo y tronío
de cabaretera

tu nombre es Omar

los zánganos van y vienen, mantienen la necesaria rigidez de
su arbitrio con manipulaciones reiteradas, se paran a espiar el
interior de las celdillas, la atisban, pasan de largo, ceden gra-
tuitamente sus mieles a alguna operaria novata

alors tu ne veux pas? : tant pis pour toi!

estoy, estábamos en Tarudant : deslumbrada por tu apostura,
mi amor : cantando el Magníficat, recitando mi Hosanna : te
guiñé con la lenta solemnidad del retratista cuando dispara
ante los novios el mecanismo reproductor de su cámara : dio
la vuelta completa al jardín, subió majestuosamente la escalera que conducía a la galería : la cola del manto arrastraba
detrás de ti : el lecho nupcial aguardaba

mi vestido?

encolure en pointe largement échancrée, taille haute, garni-

ture de tuyautés, jupe à panneau droit devant et ampleur
plongeante dans le dos, manches volantées, coiffe, bouquet de
petites anémones
brusco tirón, forcejeo, te lo arrebata
venez voir ce que lit la mémé! : un prospectus de Pronuptia,
la Maison du Bonheur! : elle veut se marier en blanc!
risitas, zumbas, corrillos, lectura en alta voz, preguntas capciosas, carcajadas
haz como yo : no las escuches : se obstinan contra la evidencia, persisten en negarte
volvamos a la habitación, nuestro escueto nido de amor, el
modesto fonduq de Marrakech
hotel de la CTM, limpiabotas, viajeros, rufianes, mozos de
cuerda, halaiquís, buscavidas : paseo, paseas por el ámbito liberal de la plaza solicitada, requerida, abrumada por un hábil
contubernio de voces, tanteos, visiones oníricas : heráldica
dama feudal envuelta en el cariño de sus vasallos : piropos
flores requiebros murmullos galanterías
era virgen aún, mi amor : apenas recobrada de la sublime,
portentosa intervención : buscando discretamente a quien
ofrendar su cavidad, su recipiente, su tálamo : mi gruta mila-
grosa de Lourdes
el anillo mágico de espectadores sugiere la presencia agazapada, recóndita : terso cuerpo neblí dispuesto al festín, al ataque : halwás, chiquillos, zámiles subyugados por tu elocuencia imperiosa, tu figura gallarda, esplendente, magnífica
aquí la tienes : mírala
poses de estudio, instantáneas de amateur, fotomatones soba-
das, antiguas, descoloridas : un gañán rígido, endomingado,
compuesto, con el brazo apoyado en la peana de un estridente
jarrón de flores : militares de boina ladeada, la mano indo-
lente hundida en el bolsillo : fuquías guerreras chilabas :

turbantes mostachos bonetes morunos

barajar azarosamente nombres con caras anónimas : dónde cómo cuándo lugar circunstancia día

acechada de súbito por el zángano plantado ante su alveolo, posiblemente ansioso de probar tu habilidad, conocimiento, destreza, práctica, mano, veteranía

tu viens, mon gars?

pero no, tampoco, se va, pasa a la celdilla siguiente, prefiere la torpeza de una novicia

aguardar, aguardar aún pacientemente la hora de cierre : final de sesión, recoger sus enseres, liar bártulos, subir la escalera, cruzar el vestíbulo, salir a la calle

no al avance simétrico de peatones dóciles al conjuro semáforo, silbatos y gestos acelerados de guiñol policía, zumbido conminatorio de metro aéreo, mole cetácea de autobuses, capsulada soledad en carrocerías brillantes, agresividad, compartimentación, aislamiento, angustia difusa

calzadas desiertas, parpadeo naranja, sombras errantes, solitarios, emigrados, borrachos, siluetas esquivas

niña, vieja, mujer : no importa

al fin ella misma

DAR DEBBAGH

por qué yo, él, y no los otros, ellos? : impasiblemente acoda-
dos en el cerco almenado de la explanada con sus gemelos,
polaroids, anteojos, cámaras, tomavistas, manso, abigarrado
rebaño atento a las glosas políglotas de impecable guía oficial
: tipificado trujamán de blanca chilaba y rojo tiesto invertido,
convenientemente dotado de número y placa que le identifi-
can e invisten de sagaz y benigna autoridad : patrocinio su-
brayado por la condescendencia del ademán con que señala a
las almas protervas de aquel lucrativo infierno en el que te pu-
dres : a ese lasciate ogni speranza, voi ch'entrate que tácita,
oscuramente preside su destino ya escrito : voici le quartier
des tanneurs, Messieurs-dames, the old, local color tannery :
mientras dóciles miembros del gregal ganado atalayan, espían, acechan en lo alto de la muralla, emergen fugazmente
entre las cañoneras, acribillan con sus máquinas a los condenados, apuntan con amenazadores objetivos y lentes de aumento a las súbitamente cercanas, casi tangibles espaldas de
los réprobos empozados en las maqsuras : calor, fetidez, moscas, clavículas salientes, costillares flacos, brazos nudosos, en-
jutos, escurridos : a ti, a mí, el precito, objeto de neutral curiosidad o indulgente desprecio inmortalizados en las imágenes del álbum de recuerdos, sonrientes, ufanos, seguros de sí
mismos, naal d-din ummhum, me cago en sus muertos : y
otra vez el por qué, por qué, Señor, siempre ellos, nunca yo,
vergüenza, humillación, asco, a eso le llaman vida : preguntas, preguntas, en la hedionda, circular espesura, nada me de-
terminaba a esta muerte, nací ligero y móvil, desde niño soñaba en el edén, medías la vastedad del espacio desierto, va-
gabas libérrimo entre las dunas : nomadismo, pastoreo, erran-

cia, leyendas escuchadas al calor de la jaima, origen y epítome de su primaria sensibilidad : proyectos, fantasías, quimeras a las que desesperadamente se aferra como náufrago al salvavidas : compensación necesaria a la inhóspita, brutal realidad : trabajar gacho, casi doblado en la cavidad nauseabunda, arrancar los vellones adheridos a la piel del animal, adobar el cuero, disponer horizontalmente al sol los pellejos, resistir adustez, pestilencia, moscas, procurar evadirse : huir, huir de allí con los demás compañeros de cuitas, jurar no volver jamás, caminar como autómata por la extensa ciudad libre y ajena, orientarte hacia la airosa silueta de la Kutubia, tender al alminar las palmas de las manos abiertas, invocar la justicia de Alá, suplicarle que te acoja en su reino, refugiarme en la certeza superior de la fe, evocar su precisa descripción del xinná : dulzura del reposo, fresco lugar para dormir en los calores del día, jardín sembrado de viñedos y árboles, glorietas umbrosas, sedas exquisitas, riachuelos de miel, frutos abundantes : abolir el recuerdo de tu experiencia metropolitana : excavar como un topo, sumido en un pozo más negro y angosto que la maqsura : recrear : arroyos lentos, agua incorruptible, leche cuyo delicioso sabor no se altera nunca, doncellas en la flor de la edad, pabellones nupciales, vino que no embriaga : volver sobre mis pasos no obstante : aire abrasador, camello acosado de sed, planicie seca, infecunda : condenación, mísera esclavitud, hombres dispersos como langostas, espiga desgranada cuajada de aristas : seguir huérfano, sucio, andrajoso, el olor de los cueros tenazmente pegado a mi piel, cargando contigo humillación, caída, decrepitud, su triste indigencia portátil : envuelto en el desdén y reprobación de los selectos, contaminando sin querer su aire : avanza, sí, avanza, no te pares, no hagas caso, camina como un ciego, no cruces jamás su vista : atravesar la medina a pie, acostumbrarse al recelo de quienes evitan prudentemente tu cercanía, repetir su itinerario alucinado sin alargar a creyentes ni infieles mi mano negra, mendiga : pagar, pagar, siempre pagar, techo, lumbre, comida, pagar, pagar, para eso venimos al mundo! : de nuevo el pozo, meterse en el lodo hasta las rodillas, frotar las pieles, aderezar el cuero, tenderlo al sol como yerta, apisonada tortuga : insensible a la ruidosa presencia de los mirones en la torre flanqueante de la muralla : el desconcertado, perplejo rebaño atento a las consignas y explicaciones del guía : package-tour directamente venido en jet desde las brumas fabriles de Pensilvania : oh dear, look down the men, it's just unbelievable! : sombreros de paja, gafas oscuras, narices protegidas con hojas de papel de fumar o inquietantes caballetes de plástico : con vago aspecto de extraterrestres o heridos recién dados de alta del hospital : absortos en la contemplación de los réprobos sujetos a aquella vívida ilustración del minucioso, geométrico delirio de Dante : de su figura arqueada, espalda quemada por el sol, cráneo cubierto con pobre turbante, calzón negligentemente ceñido a los muslos : vana tentativa de ocultar a los otros el rico, señero regalo que Dios te ha dado : as de bastos sombrío y pulsante, motivo involuntario de escarnio, envidia, estupefacción : sumiso en apariencia, pero díscolo, insurrecto, reacio, listo siempre a asomar la cabeza por el borde inferior de la tela a la menor incitación o descuido : tus compañeros de condena lo saben, y aluden a él con perífrasis cada vez que inadvertidamente lo muestras al reponerte de una flexión : homenaje discreto a las dimensiones de un arma que suscitara codicias y espanto en los cercanos y ya remotos días de tu breve, efímera juventud : trabajar, seguir penando, bregar con los pellejos inmerso en el agua inmunda, reposar la mirada en la sombra engañosa de la mezquita, percibir en sordina los comentarios y explicaciones del

guía a los turistas encaramados en la muralla : cerrar los ojos,
escapar, huir, anulado el infierno, el mundo ajeno, no prestar
atención a sus cámaras, ignorarles como me ignoran ellos,
quieren disfrutar del espectáculo, gozar de la inexpugnable
atalaya, una manera de matar el tiempo : atravesar la ciudad,
volver las palmas a la Kutubia, buscar explicación a tus desas-
tres, repetir las preguntas : penuria, orfandad, sol atormenta-
dor, presente inerte, detenido, baldío : evocar tu niñez al
abrigo del hambre y la intemperie, corrías libremente por los
pastos, su mirada era fértil, tu madre aseguraba que serías el
mejor, el más fuerte, el más querido : ahora todos se alejan de
él, la desgracia me marca con sus estigmas, los amigos le evitan asustados : el leproso que anda, el monstruo, el apestado,
eres tú : eludir el horror, reunirse con los demás condenados,
buscar refugio en la tenería : extensión nuda, grisácea, lunar,
acribillada de hoyuelos redondos, como viruela tenaz : uno
para cada relapso : empozarse, chapotear en el fango, curtir
pellejos, descomponerse en vida : sentir miradas extraterrestres en su espalda encorvada, brazos magros, piernas enjutas :
el peso inútil de tu inflexible rabo adherido por el calzón a los
muslos : el desasosiego, agitación, bullicio de las contempla-
doras pensilvanas : la belleza rubia, primorosamente vestida
de blanco, cuchichea con su vecina, le enfoca con sus prismáticos, parece abismarse en cavilaciones profundas : pelo
ahuecado, en ondas, como el colmo de un sorbete de vainilla
: ojos azules y cívicos, presbiterianos, antisegregacionistas,
abrahamlincolnianos : labios rojos, de maniquí o modelo, dibujados con gran esmero : ejemplo vivo de las virtudes fundacionales de los Pilgrims : sobriedad, economía, creencia
firme en los méritos del fair-play, individualismo, progreso :
probable esposa de algún ejecutivo de gafas filtrantes y nariz
de plástico, directamente trasvolado de las oficinas de Kop-

pers o US Steel Plaza : erguida de pronto al borde del pozo
en el que forcejeas con los pellejos : pulcra, comedida, impo-
luta, sin manifestar en modo alguno su repugnancia : intere-
sada al parecer por el curtido tradicional de los cueros y su
exotismo chocante, fascinador : o quizá por las súbitas, escandalosas proporciones de tu escueto, puntual utensilio : tai-
mado, socarrón, como un niño desobediente y travieso : con
suavidad zafarlo de la presión del tejido y soltarlo a sus anchas, altivo y campeador : ofrecer su mano servicial a la mujer, ayudarla a bajar al lecho suntuoso de la maqsura : sumirla
en el fango a la altura de las rodillas, ceñirla en tus brazos su-
cios y ansiosos, imponer mi violenta figura a la suya, profanar
el candor de sus vestiduras, besar vorazmente sus labios rojos
: paralizada todavía de sorpresa cuando la sofaldas, palpas
con manos torpes la delicia del pubis, los muslos convergentes
y lisos, el sutil triángulo negro : rozar la vulva, introducir en
la vagina los dedos viscosos, lubrificar, disponer, abrir el camino al furor contenido de tu instrumento : gozar, revolcarse
con ella en el agua impura, amasar sus pechos, subir a horca-
jadas sobre su grupa, acoplaros a la vista de los horrorizados
turistas del mirador, no hacer caso de sus exclamaciones y
gritos, borrar con légamo, desenfreno, lujuria las pasadas diferencias de pigmentación : arder, arder los dos mientras la
ex-blonda criatura ríe e increpa al ejecutivo burlado, acodado
en la torre con sus gemelos : iwa, el khal ka idrabni, yak? ila
bghiti tchuf ahsen ma-itjaf-ch, axi hdana! : pero no, no es así,
sigue arriba con él, con los otros, rubia, inasequible, perfecta,
en lo alto de la muralla almenada : calor miseria moscas para
mí, todo para ellos, me engañé, me engañaron, nací suelto y
feliz, seguía a los rebaños, la sombra de los árboles era promesa y símbolo de la que me aguardaba en el edén, mozas y
mozos me seguían, ocultos en las dunas nos amábamos :

71

como el fuego, sí, como el fuego, rostros, trajes, sonrisas, rociarlo todo con gasolina, encendedor, cerillas, lo que sea, lanzallamas mis ojos, destrucción, regueros de fósforo, gritos, antorchas humanas : otra vez pozos, pellejos, muerta desolación de la tenería, belleza próxima e inalcanzable : privado de voz, la lengua no me sirve, nadie quiere percibir sus palabras : tienen orejas y no escuchan, miran sin verme, mi presencia es mentida, eres transparente, contemplan un fantasma : adobar pieles, rascar el vello, sufrir el hedor, abandonado a su suerte, a pocos metros de la mezquita : tu luengo apéndice cuelga inerte, el amor se sustrae de ti, vano como un espejismo : inútil decir ya baad-lah ghituní : inmunizados, pasan de largo : un poderoso hechizo le liga a la tenería, ordena volver diariamente al pozo, travesar la medina como un sonámbulo : la libertad de la plaza, sus espacios francos, me parecen vedados e inaccesibles : soñar, soñar en ellos, perder la afonía, recuperar la voz, dirigirte al público de la halca : hablar y hablar a borbollones durante horas y horas : vomitar sueños, palabras, historias hasta quedarte vacío : y de nuevo despertar, sucumbir al maleficio, regresar a la maqsura, enviscarse en el fango : caminar con el péndulo inerme y fláccido, sombra de mí mismo, juventud y vigor oprimidos, yermo, abúlico, pusilánime

watch the freak, it would be perfect for the sketch, you could show him on the stage!

una pareja de barbudos le contemplan, corren tras él, se abocan contigo, pretenden saludarme

vú parlé fransé?

no, no les entiendes, qué quieren de mí, hablan en gaurí, la gente nos rodea, insisten en que les acompañes

venir avec nú, you understand? : nú aller vú payer : tien, that's your flus!

arrancar con ellos en tromba, jardines públicos, calles bien
trazadas, autobuses, calesas, timbres, frenazos, riadas humanas, la Kutubia, square de Foucauld, Club Méditerranée, taxis ocres, agentes de tráfico, bullicio, exhibiciones, discursos,
danzas, proezas gimnásticas
fresco gallardo joven
milagrosamente roto el embrujo
le llevan, estás, estoy en el polígono irregular de la plaza

LE SALON DU MARIAGE

desde las paradas de autobús, el parking especialmente reservado, las bocas de la estación de metro más próxima los visitantes apresuran el paso y convergen en grupos compactos hacia la exhibición fabulosa : núcleos familiares, fácilmente identificables por su cohesión y el común denominador de la estereotipada sonrisa : papá-mamá-prole-abuelita que acuden simplemente a curiosear, revivir instantes de dicha, borrosos recuerdos de gloria : futuros protagonistas también, con su panoplia de ilusiones intacta : impacientes de alcanzar el oasis de muelle felicidad, la ansiada y mirífica ínsula : manos armoniosamente enlazadas, como si ya no hubieran de separarlas nunca : corriendo a trechos, ella a remolque de él, desbordantes los dos de salud y optimismo, espontaneidad, juvenil simpatía : vite, dépêche-toi, regarde la queue, peut-être qu'ils vont fermer le guichet avant qu'on y arrive! : hacer como ellos, apurar el movimiento de los pies, esforzarse en mantener el equilibrio sobre el frágil talón del calzado : caminar calle abajo, con aire resuelto, tras el gentío imantado por la tonada meliflua del altavoz : dócil al magnetismo que irradia el sublime acontecimiento : apoteosis del apareamiento multisecular : ventura, suerte, prosperidad al alcance de todos los bolsillos : atravesar la calzada cuando cambian las luces del tráfico : topar con la barrera de una familia premiada en algún concurso nacional de natalidad : romper la cadena de manos por su eslabón más débil : separar sin miramientos a la niña vestida de paje de su vernal principito : asumir frente a los padres talante de ofendida dignidad : al final del culebrón que serpentea, paciente, hasta la taquilla : sin atreverse a hablar de mí, pero sabiendo que le miran : perplejos ante el enigma insondable de tu identidad : temerosos de que los niños formulen de súbito la pregunta que interiormente les atormenta : procurando distraerles con fútiles pretextos : controlado estupor bajo un barniz de cortesía perfecta : víctimas de sus rígidos y anticuados principios de urbanidad : exagerar mi real impaciencia, prodigar mohínes y gestos, acrecer la general confusión : preguntar por ejemplo a la pareja vecina, con cultivado acento meteco : excusez-moi, quel est le prix de l'entrée pour les jeunes filles? : y acoger su respuesta, je ne sais pas, mais je crois que c'est dix francs pour tout le monde sauf les moins de sept ans, con un ah, bon, alors il n'y a pas de demi tarif pour moi? de aniñada e impertinente contrariedad : leer sus pensamientos, adivinar sus sonrisas furtivas mientras adelantamos poco a poco hacia la entrada, llegamos a la taquilla, abonas el precio, brinca a la escalera mecánica : ascender suavemente, como en un sueño, al terrenal paraíso : alfombra de Chiraz sembrada de pétalos, cascadas de tapices, terciopelo rojo y azafrán, coquetos alveolos que huelen a perfume e incienso : nubes de muselina componen los lejos de un cuadro exquisito de palmeras y helechos artísticamente perlados de rocío : copia de espejos multiplican rostros de doncellas con tocas y velos satinados y blancos : llegar a la frontera del edén, la leve y simbólica barrera de aduana : mesitas bajas cubiertas de prospectos y fichas, azafatas impecablemente uniformadas, atmósfera de grata, mullida hospitalidad : preguntas rituales con graciosa e inalterable sonrisa : voici notre carte et documentation, c'est vous les futurs mariés?, la cérémonie est prévue pour quand? : aguardar turno alisándose mecánicamente el vestido, acechar en la vertiginosa sucesión de espejos la compostura cabal del peinado : fulminar las posibles expresiones de burla con gestos altivos : plantarse frente a la primera azafata libre y saborear la violencia brutal

del impacto : el pelo, la blusa, la capa de pintura : consciente
del interés que su presencia suscita, de que soy, como siempre,
imán de las miradas : aguardar dolosamente unos segundos
a que ella entable el diálogo
voici la fiche d'inscription, c'est pour vous?
oui, mademoiselle
voulez-vous que je vous la remplisse?
oui, s'il vous plaît
votre nom?
je vais vous l'épeler, car c'est difficile : ele-a-ef-o-double ele-a
: comme la folle, mais avec une a à la fin
prénom?
je n'ai pas de prénom, chez nous ça n'existe pas, vous savez? :
on a un nom, et c'est tout! : c'est beaucoup plus pratique!
mirar alrededor como para colectar miradas de aprobación y
cerciorarse con orgullo de que te escuchan
et votre fiancée?
mon fiancé, mademoiselle
oh, votre fiancé!
Ahmed, il s'appelle Ahmed, il est militaire, voici sa photo
revolver en el interior de la cartera, sacar un retrato descolorido, tenderlo a la azafata con ademán juvenil e impulsivo,
disfrutar en silencio de sus previsibles reacciones de sorpresa e
indecisión
il est beau, n'est-ce pas?
ella, secamente
oui, très beau : enfin, voilà la fiche : vous pouvez la com-
pléter vous-même et nous l'envoyer par la poste sans besoin
de l'affranchir
merci beaucoup, mademoiselle : et ça?
c'est le Guide des Futurs Époux
je peux en prendre un?

allez-y, il est à vous
oh, comme vous êtes charmante!
coger el folleto en colores, en cuya portada figura dibujada,
en color rosa, la víscera torácica, hueca y muscular, de forma
cónica que es el órgano principal de la circulación de la sangre y, dentro de ella, una pareja de novios camino de un castillo adornado a su vez de una bandera con dos corazones
igualmente rosados, pero diminutos : abrir la Guía al azar y
consultar el calendario cuenta atrás destinado a refrescar la
memoria de los contrayentes futuros
Rencontre entre les deux familles pour fixer la date et mettre au
point tous les détails matériels concernant le mariage et l'installa-
tion du jeune ménage
Pour une cérémonie réligieuse, aller à l'église pour s'enquérir de
toutes les pièces à produire et des démarches à faire
Établir votre "liste de mariage"
Choisir les témoins, demoiselles d'honneur et les pages, s'assurer de
leur accord, prévoir leur ténue
enfilar el primer pasillo de la exhibición, detenerse frente al
níveo, sicodélico stand de Pronuptia : docenas de maniquís
inmovilizados en posturas esbeltas y gráciles : sinfonía de colores compuesta de tonalidades malva, lila, violeta, parma sobre una seda estampada, deliciosamente désuète y romántica :
plumas de avestruz conjugadas con prendas de muselina rosa,
fucsia, junquillo : encajes de Calais, velos de tul bordado, co-
ronas de flores, una exquisita sombrilla : absorber en éxtasis
las glosas de la azafata al ballet de modelos de carne y hueso,
inmortalizados en la suprema perfección de su indumentaria :
para el día de su boda, Virginie y Patrick han escogido ser
alegres y jóvenes : ella, en una robe muy poética puntuada de
flores, ha seleccionado un décolleté anticonvencional y una
falda amplia con cola de volantes : él, partidario de vestir de

modo desenvuelto, ha optado por un traje de tela blanca discretamente listada : reconozcan ustedes que la pareja es un dechado de belleza, soltura y agilidad

registrar los comentarios admirativos de los vecinos : oh, comme c'est joli, il te faudrait un complet comme ça, au fond ce n'est pas cher, ils font du crédit, tu sais ? on peut toujours le payer à témpéraments ! : pedir a la helada azafata la lista de precios : desde el modelo Icare, en crepé polyester, al Etincelle, con velo y crin bordada : acariciar la toca de tul de Nuée, preguntar con voz de falsetto si le cae bien : no hay ningún probador en la sala ? : no, no hay, esto es sólo una exhibición, si el modelo le interesa le daremos la referencia y concertaremos una cita con nuestra sucursal que mejor le convenga : no corre prisa, señorita, volveré mañana, primero debo pasar por la peluquería !

murmullos de desaprobación, comentarios en sordina, risitas ahogadas : hay que ver, si será caradura, venir a burlarse así de la gente honesta, no respetar siquiera a las familias, hoy día no hay vergüenza ni nada ! : hacerse el sordo, encastillarse en un silencio espeso : contemplar tu rostro en el espejo, corregir la línea de las cejas, acariciarme los cañones de la barba : decir con una mueca de contrariedad a su fascinada vecina : ça pousse si vite ! comment faites-vous pour vous épiler le visage ? : sumergirte, sin esperar su respuesta, en la lectura del cuenta atrás de la Guía

Retenir la salle dans l'établissement où sera fait le lunch ou le repas du mariage

Commander le faire-part à l'imprimeur

Réserver définitivement le logement et prévoir l'équipement nécéssaire : mobilier, cuisine, électroménager, literie, textiles d'ameublement, etc. Faire établir un devis aux fournisseurs. N'hésitez pas à examiner le plus grand nombre possible de propositions. Souvenez-

vous: le dernier mot vous appartient!

pasar al stand contiguo, perderse en un vértigo de consejos, solicitudes, ofertas : transforme usted lo cotidiano en maravilla! : en el magazine Cien Ideas hallará, cada mes, un centenar de páginas de ensueños, realizaciones, consejos útiles para hacer punto de aguja, bordar, coser, guisar, dar rienda suelta a su creatividad e inventiva! : cien ideas, desde la más práctica a la más insólita y refinada! : nuevo folleto : para vestir su hogar desde el sótano al granero y convertirlo en un Palacio de Fantasía : primer plano gigante de una rosa ajada : no malgaste su dinero en lo que no dura! : este año nuestras flores son más cotizadas que nunca : imitan a maravilla la naturaleza y tienen la preciosa ventaja de permanecer eternamente frescas

leer, informarse, acariciar lisonjeras esperanzas, abrigar tentadoras ilusiones, embebecerse en el memorándum exaltador de la Guía

Préparer le voyage de noces et faire les réservations
Vérifier passeports et vaccinations s'il y a lieu
Choisir les alliances afin de pouvoir les faire graver
Votre armoire de linge de maison est-elle suffisamment garnie?
Avez-vous le nécessaire en linge de lit, linge de table, linge de toilette, linge de cuisine?

proseguir la inquieta pesquisa en zigzag, agregarse a un vasto grupo de curiosos y escuchar las sugerencias compulsivas de la uniformada sibila del stand : indique al ordenador el lugar, fecha y hora de nacimiento de usted y su pareja y obtendrá diez días después un texto especialmente elaborado en función de las configuraciones astrales de ambos en el que podrá leer, con un mínimo margen de error, las coordenadas y vicisitudes de su historia amorosa : Astroflash analiza lo que une y separa a los cónyuges : gracias al conocimiento previo de

los posibles obstáculos, se hallará usted mejor armado para
vencerlos y asegurarse así un futuro radiante de dicha y prosperidad!

acercarse al níveo, impoluto ángel anunciador y plantearle
tímidamente el problema : con los datos de uno, no basta? :
mon fiancé ne connait pas l'année de sa naissance : afrontar
sin un parpadeo el rictus de glacial cortesía : sus padres deben
recordarlo sin duda : mueca contrita : es huérfano, señorita :
no tiene un certificado del cura párroco? : no está bautizado,
digo, il est africain : bueno, dice, entonces la partida de nacimiento, il n'a que la réclamer à la mairie : tampoco sabe el
ayuntamiento, dices : nació en el desierto, sabe usted? : per-
plejidad de la boreal azafata, curiosidad impertinente del público : bien, en este caso, qué quiere usted que le diga? : volverse a los mirones, tomarles por testigos : mon Dieu, quel
pari, s'unir pour toujours à un homme bleu sans savoir si nos
astres sont vraiment compatibles! : interpelar a la muchacha
de sonrosados carrillos que me observa embobada : qué haría
usted en mi lugar, señorita? : seguiría usted a su novio hasta
el bled, en una minúscula guarnición perdida en las dunas? :
silencio, estupor, alguna risilla tapada : suspenso general a la
espera de la respuesta

hacer mutis, abandonarlos al disfrute tardío de la reprobación
y la burla, caminar orgullosamente ceñida en desdén como a
más alta dignidad promovida

Et pourquoi ne pas construire votre pavillon immédiatement?
Parce que vous n'avez pas assez d'argent, dites-vous? N'êtes-vous
pas mal informés? Des facilités que vous n'aurez plus après, sont
accordées uniquement dans les deux ans de votre mariage
Etre chez soi pour le prix d'un loyer, c'est possible!
S'assurer du financement indispensable, faire la demande de
crédit nécessaire. Le prêt d'État de 6.000 F remboursable en 48

mensualités égales de 125 F sans intérêt, peut être sollicité dès la
publication des bans
interrumpir la lectura de la Guía : nuevo stand, nueva azafata, nuevo discurso : infiltrarse en el semicírculo de mirones,
compartir su unción cuasi mística, dejarme acariciar, como un
gato mimoso, por el grave, sedativo murmullo
reina de las auténticas piedras preciosas, el diamante es la más
bella prenda de amor y fidelidad que el hombre conoce desde
que el mundo es mundo : símbolo del sentimiento imperecedero, se le atribuye desde la antigüedad un poder mágico que
beneficia y protege a quienes lo llevan : envuelta en un magnífico estuche, esta noble y prestigiosa alianza se vende con su
correspondiente certificado de autenticidad numerada : fabricación a mano, garantía sobre factura, precio increíble, inver-
sión segurísima!
abrirse paso a codazos, husmear los diferentes modelos, com-
parar precios, ajustar la sortija más llamativa al anular bajo la
mirada censoria de tus vecinos, admirar su reflejo brillante en
la huesosa mano extendida
nuestras existencias son limitadas : la prudencia le aconseja
encargárnosla sin demora : no pierda usted la ocasión : nuestro precio actual no podrá mantenerse!
mademoiselle? : combien fait cette bague?
2.850 Francs, mais vous profitez pendant toute la semaine
d'un 20 % de réduction
se vuelve : me mira : se borra bruscamente la sonrisa
elle est bien trop large pour vous!
elle n'est pas pour moi, mademoiselle : je cherche une alliance
pour mon fiancé
ah, bon
pausa : el tiempo necesario para recobrarse de su asombro, recuperar el dominio de sí misma

connaissez-vous ses mesures?
modestia, voluntaria expresión de recato, súbito, virginal rubor en las mejillas
elles sont inoubliables, mademoiselle!
pero ella no entiende o no quiere entender : impasibilidad, rigor, ceño levemente fruncido : te vigila mientras retiras el
anillo del dedo : instintivo ademán de frotarlo con un paño
como si lo hubieras mancillado : lo devuelve a la opulencia
del estuche
una voz infantil detrás de mí : tu as vu, papa? la dame n'a pas
rasé sa barbe! : previsible bofetada, seguida de llanto : tais-
toi, morveux! : oportuna intervención de la azafata : nuevo
discurso
un artista de renombre ha creado para ustedes esta alianza
doble : el fabuloso modelo titulado Inseparables : dos tallos
de oro enlazados para siempre como dos corazones unidos
por la vida! : igualmente excepcional nuestra rosa cubierta de
un baño de oro de veinte y cuatro quilates : cogida en los jardines de Versalles, esta flor conservará perpetuamente su ad-
mirable belleza : confeccionada por un aurífice de genío, es el
mejor regalo que puede hacer usted a la persona que ama para
confesarle un sentimiento perdurable como la rosa misma! :
diferentes tamaños a precios que dejan sin aliento! : seriedad
y competencia son los principios de nuestra filosofía!
sin prestar atención a la hostilidad que me envuelve : arrostrar el oprobio como monarca recién destronado : con la serenidad de una archiduquesa austrohúngara contemplando el
incendio de su propio castillo
Préparer la liste de mariage. Ce n'est pas de mauvais usage, tout
au contraire, de la répartir dans plusieurs magasins spécialisés
Demander au commerce de cadeaux où la liste a été envoyée de
prévenir parents et amis éloignés que vous n'avez encore pas au

l'occasion d'informer personnellement. Nous serons heureux de déposer dans votre corbeille de Mariés votre premier cadeau: une réduction "nouveaux mariés" de 50 %!

mira qué pájaro! : si será descarado! : qué viene a hacer aquí? : encima, parece que se ría de nosotros! : qué demonios se habrá creído? : en mi vida he visto tal desparpajo!

volverse rápidamente hacia ellos, encarar a una compuesta y con novio disfrazado de ejecutivo : forzar una sonrisa cómplice : abrir el bolso : sacar un paquete de cigarrillos

por favor, me das fuego?

lo siento, no fumo

tienes razón, chata : yo también debería hacer como tú : dicen que el tabaco es fatal cuando estás preñada : pero no puedo con los nervios : mañana llega mi prometido!

nuevo stand : para hacer partícipe de su alegría a los invitados y conservar un recuerdo original de la ceremonia, les aconsejamos que ofrezcan a cada comensal su propio regalo de bodas : un simpático estuche de cerillas con la fecha y sus dos nombres grabados en oro!

si no tienen dinero, inviertan! : en el alba romántica de su vida común, ansían sin duda un bello y holgado apartamento propio, una casa con un vasto espacio destinado a preservar la intimidad de su familia : pero no pueden de momento pretender a ellos : sus economías, desgraciadamente, no alcanzan : nosotros les ofrecemos la solución : inviertan inmediatamente en nuestra agencia : con nuestra ayuda realizarán más tarde el capital necesario a la adquisición del maravilloso hogar en que sueñan!

señorita : pronto unirá su vida para siempre al hombre que ama : para él, para usted, sea la más bonita! : convierta su boda en poema, adorne de blanco su dicha! : admire y lea con atención las páginas de nuestro catálogo : el traje, su traje de novia, el que usted imagina en sus noches, por el que suspira usted desde niña, nuestros estilistas lo han creado expresamente para usted!

vigilar con gesto oblicuo a los que le espían : grupos provincianos, la familia numerosa del bulevar, turistas japoneses con sus correspondientes cámaras cinematográficas : seguir curioseando por el recinto : maniquís masculinos, con caderas y rótulas perfectamente dispuestas, smoking impecable, sonrisa franca, mirada protectora y viril : cocktails, banquetes, cenas, material de recepción, cocineros, maestresalas, camareros, azafatas, ambiente, animación, espectáculos, efectos sonoros : veinticinco años de experiencia, sucursales en todas las provincias! : consultar folletos, hacer cálculos, emitir opiniones, buscar inspiración en la Guía

Choisir le menu et demander confirmation des prix au traiteur
Chercher un photographe, assurer le reportage de la cérémonie au
magnétoscope, organiser votre réception et votre voyage de noces
Prendre rendez-vous chez le notaire pour le consulter sur le Régime
Matrimoniale

llegar al extremo de la galería, torcer a la derecha, enfilar un nuevo corredor : retocar el maquillaje con ayuda de un espejito : preguntar a una azafata por el lavabo de señoras : verificar con alborozo su rictus de indignación

al fondo a la derecha!

gracias, señorita : sabe usted si la encargada tiene vendas higiénicas?

estupefacción, furor contenido, me vuelve bruscamente la espalda : acoger con expresión plácida las miradas de consternación de tus vecinos : tararear una canción de Dalida : acentuar ex profeso la voz atiplada

vámonos, Martine, esto es inadmisible!

aquí no estamos en el Carroussel, me oye usted?

no, no le oye, finges no comprender, le obsequio con una sonrisa : muchachas vestidas con modelos de "Elle" y "Marie Claire" : parejas risueñas, parejas afables, parejas aburridas, parejas elegantes, parejas parejas

el tren va a partir : la despedida es alegre : no es por ventura hacia la dicha que los recién casados se lanzan? : la dama de honor lleva un vestido de encaje crudo estampado de flores : la niña está encantadora en su traje de velo de algodón con cintura de satén rojo : el muchachito es un verdadero bombón con su calzón de terciopelo verde y la blusa de velo blanco : la madre de la novia ha escogido una tela vaporosa de muselina acompañada de un chal ligero : todos han tenido la maravillosa idea de vestirse en nuestros establecimientos!

nuevo stand : la Biblioteca de la Futura Pareja

> Cinco mil recetas
> El hogar ideal
> El hombre y la mujer
> La armonía sexual
> Guía jurídica práctica

para hacer reír a sus invitados y asegurar la animación de la fiesta : monólogos cómicos, canciones verdes, repertorio de anécdotas picarescas, juegos de cartas alusivas a los encantos de la noche de bodas : nuestro extraordinario catálogo de bromas y trampas : polvos para estornudar, cuchillos plegables, terrones de azúcar-sorpresa : al fundirse en el café, descubrirán en el fondo de la taza una mosca, un diente, una cucaracha, etcétera!

bombas de mesa disimuladas bajo servilletas de papel : al alumbrar la mecha se produce una formidable detonación y sus invitados recibirán una fantástica lluvia de regalos! : indispensable para crear ambiente!

vasos de apariencia normal, pero en los que no se puede beber
: asombro del frustrado bebedor, sana alegría de los presentes!
proyecte sobre la camisa del vecino un chorro de tinta que no
mancha : el susto será mayúsculo!
mugido de vaca oculto en su bolsillo : este grito prolongado
y de imitación perfecta maravillará a sus amistades!
flor lanza agua : invite a sus íntimos a olerla y apriete la perilla : un éxito seguro!
silbatos de jefe de estación para acompañar la partida de los
novios : un modo original de iniciar la luna de miel y desear-
les toda clase de venturas!
agolpamiento de curiosos : pero no miran el stand : me contemplan a mí : muchacha rubicunda con mejillas de manzana
: novio vestido como un figurín : parejas insulsas, parejas in-
coloras : vehementes familias antimalthusianas
sacar un cigarrillo del bolso, ponerlo en la boquilla de ámbar,
pedir fuego a un hombre de edad madura, darle efusivamente
las gracias, exhalar una bocanada de humo con delicada fruición
acercarse al mostrador de una agencia inmobiliaria especia-
lista en casas individuales : villas, chalets, hotelitos : la adquisición más importante de su vida! : examinar el catálogo de
precios, maquetas de diferentes modelos, las garantías y faci-
lidades : preguntar cortésmente al encargado si tienen jai-
mas
él : displicente
qu'est-ce que c'est?
une sorte de tente, mais beaucoup plus large
pour faire du camping?
non, pour y vivre dedans, digo : comme celles des cheiks
dans le désert : vous avez vu le film de Valentino?

no, no lo ha visto
c'est dommage! le·décor est charmant!
él : agresivo
vous êtes venu ici pour me parler de cinéma?
en absoluto, dices : je cherche une orientation
él : grosero
allez-vous faire orienter ailleurs! : on n'a rien à foutre avec
des gens de votre acabit!
qué hacer? : perdonarle? : adoptar aires de diva? : sacar una
tarjeta de visita y anunciarle el envío de testigos? : darle una
sonora bofetada? : los curiosos se aglomeran con manifiesto
regocijo : la credibilidad de mi personaje está en juego : no
tienes más remedio que preservarla
je dirai à mon fiancé combien vous êtes insolent! : vous aurez
bientôt de ses nouvelles!
voces, murmullos, exclamaciones : dar media vuelta con aire
grave, alejarse solemnemente por el pasillo : cocinas, comedo-
res, despachos : camas gemelas, sommiers, muebles-sofá, infinidad de lechos dobles : gracias a su estructura original, el
colchón Multiespiras garantiza el reposo de su sueño y su capacidad de recuperación nerviosa y física : suspensión perfecta : modelos climatizados : coadyuve a la felicidad de su
matrimonio! : consulte hoy mismo con nuestros especialistas!
recibir, aconsejar, guiar a las parejas no es sólo nuestro lema :
constituye también un motivo de orgullo legítimo!
ya se trate de la celebración de una fiesta estrictamente familiar o de un ágape para centenares y aun miles de invitados,
no incurra en una desafortunada improvisación que lamentará
toda la vida : confíe su organización a nuestros técnicos! : su
éxito depende enteramente de usted : descuelgue el te-
léfono!

vajilla, cristalería, porcelana, manteles adamascados aportarán un brillo suplementario a la riqueza y variedad de los platos : atavíos florales, esculturas polícromas de manjares y frutas contribuirán a crear la atmósfera refinada que usted y su novio desean : una recepción se compone como una sinfonía : un convite, como un retablo clásico : música, luz, decorado conjugarán melodiosamente su encanto con nuestras viandas y vinos : el arte de obsequiar es nuestro oficio : contáctenos!

su presencia imanta a cada paso la curiosidad de los mirones : eh, tú, has visto? : uy, qué contoneos! : no te rías, a mí no me hace la menor gracia! : si dependiera de mí, los fusilaría! : anda, vámonos, lo mejor es no hacerles caso!

fingir ensimismamiento, indiferencia hasta llegar a un stand lleno de ángeles, corazones, palomas, sumido en una íntima, confortable penumbra

> Songe qu'avant d'unir nos
> têtes vagabondes, nous avons
> vécu seuls, séparés, égarés,
> et que c'est long, le temps
> et que c'est grand, le monde
> et que nous aurions pu ne pas
> nous rencontrer

la gracia, ternura, profundidad del sentimiento poético le arrebatan : necesitas comunicar tus emociones, compartirlas con tus vecinos como quien comparte entre varios un raro y exquisito manjar

c'est vrai ça! : mon fiancé vit loin, très loin, en Afrique! : si je n'avais pas fait une tournée artistique dans les casernes des méharistes nous ne nous aurions jamais connu! : vous vous rendez compte de la chance merveilleuse qu'on a eu?

expresión fija e impenetrable de la mujer : gesto burlón del marido : por un momento parece dispuesto a contestarte, pero ella le tira enérgicamente del brazo y se alejan los dos con aire ofendido

usted merece ser feliz : no sueñe más con fundar un hogar! : decídase!

rompa de una vez el círculo de aislamiento infernal : la felicidad está al alcance de su mano : casarse por medio de nuestra agencia no significa renunciar, para el hombre, al espíritu de conquista, ni para la mujer, al deseo de ser atractiva!

nuestro siglo es el de los especialistas : si para hallar solución a un asunto difícil recurrimos a un abogado o para restablecer nuestra precaria salud visitamos a un médico, por qué confiar sólo en nuestras fuerzas cuando se trata de la decisión más grave y trascendental de nuestra existencia? : por qué contar únicamente con el azar cuando no se dispone sino de un círculo exiguo de relaciones en el que resulta imposible encontrar adecuada satisfacción a nuestras aspiraciones más íntimas?

después de su visita, estableceremos en función de los resultados de su interviu y las respuestas de su cuestionario, un dossier confidencial en el que todo cuanto pueda contribuir a conocer su personalidad, su propio ego, será minuciosamente consignado : tras estudiar su caso punto por punto, con un cuidado extremo, seleccionaremos, entre los candidatos cuyos deseos correspondan en términos generales a los suyos, aquel o aquella que presentará con usted, en el plano físico y moral, las afinidades más sutiles : el hecho de saber de antemano que tales afinidades existen, avivará su deseo de conocer mejor a la persona elegida, de desplegar con ella todos los recursos de su personal seducción : un encuentro en estas condiciones se transforma en una excitante aventura en el sentido más noble del término!

92

nadie mejor que nosotros para aunar una pareja, armonizar dos personalidades, desempeñar el papel de hada benéfica que pone en relación a dos seres destinados desde la eternidad a encontrarse, a amarse!

madame, vous avez une minute? : je voudrais vous poser une question

ella : recelosa

allez-y, je vous écoute

j'ai déjà choisi mon fiancé : je l'aime et il m'aime aussi : mais nous ne connaissons pas encore nos goûts, nos affinités : je ne comprends même pas un mot de son dialecte! : alors je voudrais savoir s'il pourrait se mettre éventuellement en contact avec vous

ella : seca

estamos a su servicio

el problema, digo, es que no puede trasladarse a París : es cabo primera en un regimiento de tiradores indígenas, sabe usted? : no tendrían por casualidad un representante en Rissani, en el Tafilelt?

dónde dice usted?

Rissani, en el Tafilet : un oasis precioso que hay al sur del Atlas, justo donde empieza el desierto

ella : visiblemente molesta

en mi vida he oído hablar de esta región!

tú : con gesto de sorpresa

pues figura en el mapa! : tiene incluso una cabina telefónica!

ella : tajante

lo siento, no podemos hacer absolutamente nada por usted

sanseacabó : girar sobre los talones, saludar con ademán remoto a sus seguidores, adoptar los aires de un cardenal de la Curia en sus postrimerías, minado por larga e incurable dolencia : sonreír débilmente, lanzar besos como si echara confi-

tes : rociar agua bendita con un invisible hisopo : alejarte de
los fieles entre cómodas Luis XV, mesas Luis XVI, comedo-
res Imperio, muebles isabelinos : cachet monárquico, sueños
aristocráticos, nobleza marchita

conferencias sobre planning familiar : asegure su felicidad
doméstica gracias a la adquisición, al contado o a plazos, de
una soberbia batería de cocina : nuestro objetivo : acabar
de una vez con su soledad! : estadística de los regalos más
apreciados por la pareja : aspirador (95 %), máquina lava-
dora (83 %), televisión color (70 %), limpiavajilla (58 %) :
para leer a dos lo que cada uno siente : nuestra selección de
las Cien Mejores Poesías : fisiología íntima de la mujer :
conozca usted todo acerca del cuerpo femenino! : confíenos
la realización de su luna de miel : nosotros personalizaremos
su itinerario en función de sus motivaciones profundas : una
verdadera historia de amor entre ustedes y el sol! : la Puerta
del Paraíso, las Islas Olvidadas, el perfume del trópico, el país
de la serpiente emplumada!

de nuevo el vestíbulo

simbólica barrera de aduana, guías, azafatas, sonrisas, grupos,
parejas, escalera mecánica, apearse del bellísimo sueño, bajar,
bajar, afrontar el asombro de quienes suben en sentido inverso, otra vez la cola, la taquilla, rehusar la realidad, evadirse del público, las apreturas, el tráfico, vivir la escena inolvidable de la película, Morocco, la puerta de la muralla, el
magnate que espera en su Rolls y te mira con gesto desolado,
pero seguir al amante militar, abandonar por él riqueza y sta-
tus, uncirse al yugo de peroleras y busconas de los áscaris
y soldados del Tercio, arrojar los inútiles zapatos de tacón,
hollar con pies descalzos la fina ondulación de las dunas,
caminar, caminar, perderse en el desierto

APOSENTOS DE INVIERNO

laberinto cretense? : estructura elaborada por Dédalo? : posible residencia de algún resucitado, fabuloso Minotauro? : disposición alambicada en todo caso : sucesión de galerías, corredores, patios, salones de audiencia, hileras de pórticos esculpidos en mármol : Le Vau, Mansart, Le Nôtre graciosamente expuestos en espectáculo de Luz y Sonido? : o una versión moderna, sucedánea de suntuosas residencias grangatsbianas del tipo de The Breakers o Rosecliff? : su índole críptica, soterrada, dificultaría la apreciación inmediata del arqueólogo que se aventurara con audacia a emprender su recorrido : urbe sepulta tras furibunda explosión volcánica? : habitantes sorprendidos en sus lares por pétreo, incandescente diluvio? : embocarse con cautela por el portillo : simple abertura o trampa presuntamente custodiada por hosço, aterrador cancerbero : alejado quizá del lugar en cumplimiento de más alto y conspicuo servicio : repetir con minuciosa exactitud los rutinarios movimientos : agacharse, deslizar el ardid ingenioso que cela la entrada, tantear los peldaños de la escalera metálica, hundirse hasta llegar a nivel del suelo, verificar prudentemente que nadie mira, arrojar el botín al pie de la escalerilla, ajustar el pesado escotillón a la oquedad circular en cemento : a salvo ya : soberano del reino de la noche infinita : confundido con ella en indulgente Averno : descolgarse del pozo en el umbral de la Porta Marina, enfilar el andén previsto para peatones, desdeñar la obsequiosidad de los guías, precaverse contra la agresión de su herrumbrosa sabiduría, recorrer la Via dell'Abbondanza convertido en mi propio, personal cicerone : pies sombríos, descalzos, insensibles a la dureza de la estación? : pantalones harapientos, de urdimbre

gastada e improvisados tragaluces a la altura de las rodillas? :
abrigo de espantapájaros con solapas alzadas sobre una doble
ausencia? : la cuerda resolución edilicia de mantener la ciudad a oscuras misericordiosamente le ampara del filo de las
miradas : el sistema central de conducción calorífica le protege
del rigor de los elementos : caminar, caminar como un ciego,
sin auxilio de perro, lazarillo, bastón : satisfecho de olvidar
por unas horas la crepuscular civilización de las luces : cubierto, defendido, invulnerable, en la negrura propicia del
feto : seguir por los Campos Elíseos que llevan a mis aposentos sin temor a las crudas agresiones del tráfico : dueño de la
amplia vereda flanqueada de amplias mansiones : atento al
rumor del cristalino arroyo que mansamente fluye por la calzada : templos, villas, palacios libres de sus moradores : muros adornados con mosaico, frescos de fondo negro y rojo,
escenas amatorias pintadas en estuco, frisos grandiosos de
tema mitológico : cruzar las travesías del foro y basílica,
Terme Stabiane, Casa del Menandro : rozar con dedos callo-
sos rótulos en los que probablemente figuren advertencias o
inscripciones de bienvenida : Vale, Salve, tal vez el Cave Ca-
nem de un propietario celoso : seguir, seguir adelante, procurando no allanar por distracción el territorio ajeno : vestíbulo
o atrio de algún opulento y magnánimo patricio noctívago :
visible de ordinario gracias a las fasces de los lictores : luz
trémula aunque suficiente para descubrir en el ámbito de la
vasta morada la celebración ritual de un banquete : ágape familiar, simple refección campestre de parleros compadres y
amigos: convidados recostados en triclinios con un aromático
elixir en la mano : frascos discretamente envueltos en las bolsas de papel de la licorería, rubia fermentación de cebada y
lúpulo primorosamente envasada : mientras, paliando la inexplicable ausencia de servidores, el rico anfitrión exhibe sus ha-

bilidades de avezado gastrónomo, vigilando con esmero la perfecta disposición de las viandas : escena risueña, que acompaña con frecuencia sus pasos a lo largo de un trayecto pintoresco y ameno, deliciosamente caldeado : entre armoniosas, decorativas cascadillas laterales y bóvedas rezumantes de bellas estalactitas : avanzar a tientas por la tiniebla amena evitando topar como otras veces con algún terrateniente dormido : arrancado por el casual tropezón a la amable modorra de sus libaciones : copia de vasijas vacías en los confines del lectum, olvidadas sin duda por incuria del fámulo : murmurar excusas ociosas y escuchar cuando te alejas comprensibles gruñidos de desazón : desiderata borrascosos de goce o condena comúnmente formulados con voz abrupta : me cago en tu puta madre, maricón! o algo por el estilo, con el culto acento latino de los oriundos del Lacio : proseguir el camino con talante impávido, feliz de descifrar a tus anchas los rumores y signos de vida de la vesuviana ciudad : goteo interminable de residuales, brusco derrame de acometidas, emanaciones vaporosas de ardientes tuberías de conducción : temperatura ideal, perennemente veraniega, favorable a la veloz propagación de ágiles e inteligentes especies domésticas : en vez de felinos o cánidos cuya alimentación y cuidado implican una pérdida lamentable de tiempo y, lo que es peor, de energías, múridos prodigiosamente adaptados a las condiciones climáticas del lugar : ejemplares de elegante pelaje, hocico inquieto, mirada alacre, que discurren con la esbelta flexibilidad de los galgos escrupulosamente pintados en los frisos antiguos : escolta cotidiana de mi itinerario al palacio de invierno enterrado bajo la capital : al acecho de los sabrosos manjares que habitualmente les das al recogerte a la estricta intimidad de tu domicilio : reconocer, con grato sentimiento de alivio, los sencillos, entrañables objetos de tus aposentos : acumu-

99

lado producto de pasadas razzias en las junglas de asfalto del nivel superior : trastos, útiles, cachivaches sin valor nutritivo alguno para tus bulliciosos adictos : instalarte entre ellos, acunado por el rumor discreto del riachuelo que mana apacible por el encachado : abrir con ademán campechano la talega de los tesoros y ofrecer las primicias a mi personal roedor : voraz, omnívoro mur aficionado al delicado sabor del cartílago humano : dotado de glándulas salivares de intensos poderes anestesiantes idóneos para cumplir sus proezas sin que el primer interesado lo advierta : apenas una débil comezón al despertar de su sueño : movimiento instintivo : llevarse las manos al pabellón auditivo y descubrir con asombro su doble ausencia : gesto sinfín de veces repetido, con orgullo casi luciferino, ante la anónima, feroz multitud de las aceras : garbanzo negro, oveja tiñosa, parásito desentonador : desacorde instrumento en la ejecución de una partitura : metáfora perdida entre los signos algebraicos de una ecuación : abolido el infierno, el mundo de ellos : olvidar la ciudad, las calles, el gentío : no verles, no acatar su presencia, deliberadamente otorgarles helada transparencia, invisibilidad : acariciar pausadamente tu propiedad semoviente : la soberbia colección de chinchillas de pelo rojizo, lustroso : proceder al reparto equitativo de los bienes y captar la actividad de los incisivos con morosa delectación : acomodarte en la tibia hospitalidad del lecho, rodeado de sus atenciones y halagos : dejarles correr libremente por el cuerpo, husmear a su antojo los miembros y extremidades : pies, cabeza, manos, natural prominencia de un órgano motivo involuntario de pánico, envidia, estupefacción : zafarlo de la presión del tejido para que brote a sus anchas altivo y campeador : as de bastos sombrío y pulsante, objeto de la afección y cuidado de tus fieles, solícitos protegidos : roce furtivo de patas, leve homenaje de hocicos que gradualmente estimulan la pasmosa transformación : columna maciza, torneada, receptáculo ideal de vasallajes y ofrendas : codicia de zámiles, espanto de doncellas, condenada en razón de sus escandalosas dimensiones a la soledad y anonimato de las catacumbas : lugar de culto y peregrinaje de tus asiduos acompañantes : zarabanda de oseznos golosos alrededor de colmena meliflua : mimos, lisonjas, caricias prodigadas con diligente porfía por diminuta y rugosa alfombrilla lingual : refinada especialidad típicamente pompeyana : delicadeza de gourmet, zalamera, exquisita, en los antípodas de la venal pericia de las pupilas inmortalizadas en los frescos del lupanar : potenciar el cosquilleo de su saliva con sutil inhalación cannabácea : aroma penetrante de las montañas al otro lado del Mare Nostrum, en tu remota y añorada Numidia : aspirar con arrobo una bocanada odorífera, olvidar prestamente miserias y apuros de la jornada : objeto de la obsequiosa celebración de los múridos congregados en torno a tu tangible carisma : acunado por el murmullo recoleto de las aguas, calentado por los efluvios de un invisible sistema de cañerías, saboreando mi pequeña e inalienable parcela de felicidad : liberado del horror, soledad, vacío, aguda sensación de muerte que arriba le embargan : como el fuego, sí, como el fuego, rostros, trajes, sonrisas, rociarlo todo con gasolina, encendedor, cerillas, lo que sea, lanzallamas mis ojos, destrucción, regueros de fósforo, gritos, antorchas humanas : alegres imágenes de desquite, ensueños dulcísimos de venganza, avivados por el olor del cannabis y el sincopado toqueteo de tus secuaces con su voluble rabillo lingual : vibración epitelial, afluencia sanguina, rígida tumefacción : la brusca aceleración de tus pulsaciones presagia inminente erupción volcánica y multiplica el ardor de los meticulosos lingüistas : en vez de férvida, mortífera emisión de lava, tibia, densa, enjundiosa sustancia similar a la que las abejas elaboran con flores y depositan a continuación en las celdillas de los panales : rebañada por los impacientes, serviciales roedores con prontitud y destreza características : evitarme el ademán ancestral de recogerla con los pliegues de su vestidura patricia y frotar el aún erecto, pero ya pachucho órgano propulsor con polvo o arena conforme a los preceptos higiénicos del Libro sagrado : Negro Carbón y los Siete Puticos, como en las reproducciones polícromas de la cinta proyectada en la sala inmensa del bulevar : incorporarte del lecho de delicias, disponer liberalmente de bebidas y vituallas, colectar agua en el vecino impluvium y ponerla a hervir en una lata de sopa Campbell sobre los tubos ardientes del calidarium : cena frugal, pero asaz para restaurar sus fuerzas después de mi periplo agotador por el campo enemigo : ceremonial escrupulosamente repetido de impartir las sobras del ágape entre el minúsculo, placentero ganado, instalarse en la muelle extensión del triclinio, envolver pies y manos con múltiple foliación de papiro para impedir el nocturno festín de tus roedores domesticados : alumbrar un último rollo de hojas de cáñamo, levitar por la tiniebla amiga en un caliginoso estado de dicha : errancia, hospitalidad, nomadismo, la vasta latitud del espacio, otras veces, su lengua, mi dialecto, como antaño, en medio de ellos, vivo, soy, me muevo, libre al fin, camino del mercado

ANDRÓLATRA

imposible olvidar, olvidarte

le buscó, le buscaste por la penumbra de los cines, estaciones de metro, cafetines de barrio, progresivamente frenética, sin renunciar jamás a alcanzarte, estaba segura de dar contigo, evocaba la beatitud de nuestro encuentro, tu ferino rostro de hampón, el nocturno esplendor de tus partes, hasta que topó, topaste con la noticia de la tournée, tu celebrada exhibición en los circos, el pasmo del respetable, y atesoré, atesoré como una hormiga para venir aquí, monja de clausura, consagrada exclusivamente a tu culto, de espaldas al mundo, meditación, castidad, vanidad de vanidades

ocupaciones para matar el tiempo : depilación, maquillaje, astrología, lectura de "Rêves", "Intimité", "Détective", "Ici Paris", "France Dimanche" : cultivar devotamente la andro-latría : compadecer, simpatizar, identificarse con sus víctimas : Soraya, Margaret, Jacqueline, la rubia princesa encantada : absorber los consejos de Madame Soleil : recortar los patrones de "Elle" : responder con esmerada caligrafía a los anuncios gratuitos de "Libération"

por ejemplo : lobo solitario, arrojado en celda sombría por nuestra odiosa sociedad represiva, busca alma gemela para amistad duradera y matrimonio eventual : o : sumido en el fondo de un hoyo negro, quién será la dulce amiga que me otorgará la gracia de esperar con unas palabras de afecto y materna luminosidad? : o : tú, mi lectora mítica, tiéndeme generosamente la mano como yo te ofrezco la mía, pues si odias la tristeza, crees en la fraternidad, anhelas un compañero sincero y leal yo sabré barrer las razones de tu oscura melancolía! : o : sol llameante de calor humano, un gesto, una mirada tuya a través de las rejas que envuelven mi espíritu de bruma y de lluvia acabarán con mi actual ceguera y me darán la fuerza y valor de afrontar esta penosa existencia : o : si te sientes, como yo, sola y perdida, y aspiras no obstante a la dicha, toma la pluma, no dudes un momento, tu respuesta nos evitará zozobrar a los dos en el infierno de un mundo egoísta y siniestro : o : a la deriva en el océano de la vida, náufrago involuntario en isla desierta, una carta, una simple carta, femenina, sutil, delicada, magnánima bastaría para indicarme que la salvación es posible, mostrándome un faro de benignidad y esperanza

siempre empiezan así : apoyo, sostén, compañía, realización, creatividad, alma leve y fraterna : sentimientos nobles, pureza de intenciones, disposición altruista : aficiones rústicas, hogareñas, sencillas : lectura, música, fotografía, viajes, respirar aires lejos de la ciudad : si amas las playas inundadas de sol, el sabor de la sal en los labios, la caricia del viento en tus cabellos, heme aquí : yo soy el hombre de tus sueños! : todo para dormirte y hacerte creer que no piensan en lo que no paran de pensar : pero una no es ya una niña vamos, tiene su carga de experiencia, está escarmentada con los años y cuando lee busco afinidades profundas en el campo artístico o interés compartido en el dominio esotérico sabe muy bien lo

que viene detrás, la coletilla, aguaje, posdata, poquito a poquito, en cuanto te agarran confianza, entre florituras de relación sublime junto a mar azul, cumbres nevadas, vasto e inex-
plorado desierto, lugares propicios al descubrimiento del inmenso potencial de expresión de ese desconocido con el que
diariamente convives y sólo yo podré despertar, mi amor, tu
propio cuerpo

y una vez llegados ahí, el momento de la verdad, la hora hache, los muy bribones gozosamente se desmadran : sus aspiraciones y deseos no son tan empíreos como pregonaban : con
mil precauciones de estilo, acudiendo al habitual repertorio de
fórmulas eufemísticas, evocan aptitudes y talentos, pericia,
habilidad, maestría : su sueño de una mujer sin inhibiciones ni
complejos, capaz de exteriorizar sus ansias físicas y afectivas
en compañía de un galán atento, servicial, liberado, ni faló-
crata, ni tradicional, ni machista sino dulcemente sensual,
comprensivo, abierto, manos expertas, lengua de terciopelo
y seda, cuya insistencia porfiada, progresivamente frenética,
se centra, se centrará, es su especialidad, su hobby, su manía
en torno a ese nacarado, divino botón que es el timbre, el
despertador de la volcánica sensualidad femenina

algunos recortes de su colección en escalonado crescendo de
desvergüenza
si eres ardiente, receptiva y curiosa, físicamente agradable, no
necesitas un hombre de tus prendas, con quien puedas realizar
tus fantasías, sin tabús de ninguna clase?

tú, hembra de cualquier edad, ya seas alta baja rubia pelirroja morena, si te gusta joder sin parar, ponte en contacto conmigo, tendrás tu recompensa!
gachó busca chavala con temperamento para echar un cohete feroz y estallar con ella en los cielos
tío alto, recio, viril, superiormente dotado ofrece lecciones de equitación a tiorra cachonda, de abundantes arrobas, ansiosa de cabalgar y ser cabalgada
dueño de un largo fusil de gran calibre, lo pongo al cuidado de aquella que lo quiera pulir y engrasar antes de tomarle la temperatura por alante y por atrás

que sí
que es verdad
que si os conozco como si os hubiera parido!
años atrás, en su época de militancia, cuando creía combatir la alienación desde posturas totalmente alienadas
(tú no habías entrado todavía en mi vida)
se carteó, te carteaste, impulsada tal vez por anhelos tan inconfesados como inconfesables
(sentar cabeza, deseos de respetabilidad, posible unión con caballero serio y formal)
con lo que resultó ser
(sí, pero si es que me da la risa!)
un malandrín de muchas escamas
(era tu período romántico
casto, platónico, espiritual)

bueno, pues te lo cuento
se relacionaron, os relacionasteis gracias a los servicios de una
agencia matrimonial, y él en seguida, por carta, pues vivía
muy lejos, ah quién pudiera escuchar contigo, al calor de la
lumbre, en nuestra casita, cuartetos de Mozart, sonatas de
Brahms, tú, mi bella desconocida, criatura de sueños, puerto
de sinsabores, luz de mi hogar, en fin, de lo más lírico y co-
rrecto, un verdadero gentelmán, días, semanas, meses sin ba-
bosidad alguna, sólo dulzuras y mieles, hay que ver lo bien
que se expresaba, ángel del cielo, amor de mi alma, tesoro de
bondad, y ella, tú, inocente de mí, como una tonta, embobada con sus palabras, sin darme cuenta de que insidiosamente y de pasada, como quien no quiere la cosa, comenzaba
a insinuarse, a enseñar el plumero, se tomaba más y más liber-
tades, la imaginaba ya desnuda, acurrucada como una niña
entre sus brazos, todavía a la escucha de Brahms y de Mozart, pero ahora los dos en pelota, y él parado, erecto, es mi
estado normal, no sé si lo sabes, tengo un temperamento de
fuego, y cuando pienso en una mujer como tú, la sangre con-
fluye donde tú imaginas, el miembro se me alza, algo fuera de
lo común, un enorme instrumento, te envío una foto para que
lo veas y juzgues por ti misma, el clisé lo sacó una amiga íntima, mañana te remitiré otros de cuerpo entero, enmasca-
rado, soy el del centro del grupo, se me reconoce siempre en
la longura del arma, qué te parecen las posiciones ocho, dieci-
séis, treinta y dos?, espero que al contemplarlas produzcan en
ti un efecto cálido, humectador, te lleves la mano a tu lindo
botón y descubras tus braguitas de seda empapadas, pero
yo estaba ciega, te lo juro, seguía en la copa del árbol sin en-
terarme, sin advertir que el tipo no quería casarse conmigo ni
con nadie, que era un cerebral de esos que disfruta escri-
biendo guarradas, y cuando le mandó el retrato que él insis-

109

tentemente le pedía, aunque ella había ido el mismo día al depilador y le dijiste al fotógrafo que vigilara la nuez, las clavículas, la traidora longitud de los brazos, era una pose de estudio, con un velo de tul ilusión y un traje de seda estampado, me envió a vuelta de correo una carta certificada anulando la cita que teníamos, un hermano suyo, de quien no le había hablado antes, acababa de morir asesinado por los guerrilleros de un frente de liberación no sé si en Madagascar o Indochina, y él debía partir allí inmediatamente, afrontar la situación, ocuparse en los negocios de la familia, imposible esperar, me embarco mañana, adiós sueños, ideales, proyectos, adiós, adiós amor mío, la culpa es del destino, hubiéramos podido ser felices juntos, absurdamente la vida nos separa

un desengaño tras otro, pero tú no cejabas, seguía consultando los anuncios, respondía a las cartas, y siempre el mismo disco, cantinela, refrán, de ecología, música clásica a arrebatos febriles, propuestas osadas que para colmo no se concretizaban jamás : tenía que huir de allí, correr el riesgo de una compleja, alambicada operación, probar fortuna por ásperos, remotos parajes : el decorado de un viejo filme de amor era el escenario ideal donde armoniosamente se insertaban los protagonistas de su antiquísima violación frustrada : individuos de una pieza como tú, investidos de brusco y convincente sexapil, armados de una herramienta soberbia, única, insoslayable : alguien me había dado noticia de ti, un áscari increíble que hay en Targuist, y te escribí sin ilusiones ya, como quien arroja una botella en el mar, sin saber todavía que, pese a nuestras diferencias de clase y edad, la pena que cumplías, la acumulación vertiginosa de obstáculos, él era, sería el hombre

de su vida, que estabais, estábamos, irremisiblemente condenados a amarnos

pero él no era como los demás
ibas directamente al grano
te contestó, me contestaste con letra muy gruesa, su escriba
era compañero de calabozo, adicto a una ortografía rigurosamente fonética, introducía en tu dictado paréntesis y comentarios, invocaciones a la clemencia de Alá, iniciativas de su
propia cosecha, pedía que te acordaras de él, decía que erais
como hermanos, solicitaba el favor de una pequeña recompensa, unas cuantas pesetas para comprar tabaco, piro no si lo
diga a el, por fabor, si sentera se pondria echo una fiera

yo trabajaba entonces en una revista lírica, en el teatro Cer-
vantes, y tu carta, literalmente, me fulminó
mi an ablao dusté kes una gran artista i disea echarse nobio
formal, te acuerdas?, después le decía que era cabo primera,
soltero y sin familia, te enviaba una fotomatón, con su gorra
de Regulares, fiero, atractivo, moreno, chulo, simpático, un
verdadero moro matamoros bien puesto de mostachos, la
tingo mui larga, mas de vintisei sintimetro, se me be kuando
yebo el pantalón de jinnasia i el tiniente Garsía me yama er
fenomeno si biene a berme akí a Targis diga uste al sarjento
de guardia kes mi nobia i la dijaran berme a sola i gosaremo
lo dos duna gran filisida i disfrutasion si dios kiere
y él, el escriba
es berdá la tiene larguisma i el capitan no li deja ir a la casa

kay ai en Targis porke dise la madam ke dibe mandar luigo
las niña al ospitar i kuando ase jinnasia yeba pantalon intero
o se lasoma el rabo y enseguía sarma el gran rilajo
no me contabas por qué estabas preso, solamente mi mitieron
tres mises un dia ke tube mala suirte, pero el escriba, tras insistir en el giro para procurarse tabaco, se lo aclaró, sabía
foyao a un niño, esto es lo que te callabas, bandido, y el padre, al ver el distroso le dinunsio, i komo era sobrino del
caid li escucharon, piro no es grabe i lo pondran suelto gra-
sias a dios si paga a la familia del niño un borrego
el post scriptum venía en otra hoja, con letra algo distinta,
garabateado en tinta roja
ese es un riso de pelo de kuando mi afeite abajo ke le mando
inamorao de su beyesa ai un otocar ke va todo los dia de
tanjer a alusema lo mijor es ke corte antes el biyete pues es
mui chico i ba yeno de jente

cómo resistir al apremio y contundencia de tus razones?
mística, obnubilada, exultante, tomó el autocar
viejo cacharro pausado, flatuoso, asmático, jadeante, recorrido de sordos borborigmos, lleno hasta las cachas de cam-
pesinas arrebujadas en toallas, con amplios sombreros de
paja, borlas, serpentinas, cintajos, rudimentarios tiovivos, entre cestas, envoltorios, bártulos, amedrentados conejos, galli-
nas iracundas, niños dormidos, confusión de voces, despedi-
das, gritos, ronquidos alarmantes del motor, escandalosos ca-
careos, vaivenes, frenazos, sacudidas, paradas misteriosas,
mareos, vómitos, salida y entrada de viajeros, control de policía, familias numerosas, forcejeo para ocupar los asientos, pai-
sajes ilusos del atardecer, borricos inverosímilmente cargados,

rebaños de ovejas y cabras, cultivos avarientos, chozas míseras, mujeres sentadas en la cuneta a la espera de una improbable resolución del destino, bocinazos, recuas de mula, feriantes de regreso del zoco, pastorcillos inmóviles como espantapájaros, hombres postrados para el azalá u orinando en cuclillas, crepúsculo indeciso, luz desganada y apática, sol exangüe a fuerza de desangrarse, violento despilfarro final, orgiástica agonía, antes de tramontar, sumirse, arrastraros a todos a la ruina, planicies huérfanas, sombras errantes, creciente opacidad, figuras desvalidas

arrebozada ella también, de riguroso incógnito, sin maquillaje ni pintura, aliviada de curiosidades y asombros por la reserva neutral de tus indescifrables vecinas, ocupadas más bien, por fortuna, en la contemplación silenciosa de otra europea, rubia, pálida, obesa, aerostática, inflada, presta, se diría, a soltar las amarras y bogar majestuosamente por los aires como una lucida mongolfiera
no, no soy mala, es la verdad y tú lo sabes, no guardaba rencor a nadie ni le gustaba exagerar, procuro ser siempre ecuánime
había acomodado las nalgas cada una en un asiento, supongo que pagó billete doble, en cualquier caso el chófer no chistaba y todo el mundo la trataba con respeto, avasalladora, imponente, espectacular, inmensa como una grandiosa manifestación de protesta, abanicándose, muerta de calor, aunque estabais en lo más crudo del invierno, con una cabeza minúscula en relación al tamaño del cuerpo, ojos desvaídos, globosos, nariz chica, boca oronda y atónita, jadeaba la pobre, debía

abrirla y sorber un líquido, un frasco de licor pequeñito, sólo
le faltaba echar burbujas para creerla en una pecera

no te enfades mi amor, hablo como quien dice por hablar,
amenizar un poco la velada, ahuyentar el silencio
era noche cerrada y el autocar zigzaguea por la sierra, recuerdo el brillo de la luna en el ued, altos frecuentes, luces
trémulas, siluetas transidas en sus chilabas, un cafetín lleno de
fumadores de kif, Bab Berrad, un aromático vaso de té con
menta, cabezadas, medio dormida, a pesar del malhumor y
aspavientos de una gallina sonámbula, y todavía infinidad de
revueltas, subir, subir aún, llanura asolada, flotar aparentemente entre nubes, súbitas brochadas de luz, enjundia de bos-
ques, velorio de abetos, control de Ketama, áscaris del tabor,
soldados del Tercio, discusiones, papeleo, registros, expulsión
de una vieja indocumentada, de nuevo en marcha, pendien-
tes, baches, badenes, montañas rusas, mar encrespada, a la deriva, marejada, niebla, rubia y opulenta walkiria, escenografía
de Buque Fantasma

al llegar a Targuist clareaba
era temprano para verte, tomó habitación en una fonda, be-
biste una taza de café, te maquillaste cuidadosamente, había
leído tu carta docenas de veces, me la sabía de memoria, dejé
que tocaran diana, izasen la bandera, te llevaba un bolso con
ropa, jerseys de punto especialmente tejidos para ti, un frasco
de agua de colonia, un calzón de deporte ceñido a los muslos
a fin de que no mostraras a los demás el precioso tesoro que

te cuelga, feliz como una niña el día de su primera comunión mientras camino hacia el cuartel donde se aloja su regimiento, serena, fiada a la certeza de tus palabras, sin impaciencia alguna, al revés, saboreando la pausa de espera, inmune contra requiebros y ofertas, radiante, ufana, modesta, hasta el blanco edificio almenado, garitas con centinelas de facción, Todo por la Patria, preguntó al cabo de guardia, pasaste a la sala de visitas, ordenanzas, guripas andaluces, furriel somnoliento, el alférez no había llegado aún, debías aguardar con las otras, sentada en un banco de piedra, con la bolsa encima de las rodillas, recogida, modosa, te habían dado un número, las llamadas se hacían por turno, y yo pensaba en ti mi amor, los méritos que la fama te atribuía, la gloria inaudita de tus proezas

siete!

sí, el tuyo, se incorporó, fuiste a la ventanilla en que despachaban, entregó el cartón al sargento

él : a quién desea ver usté?

yo, orgullosa de ti, en voz bien alta, para que todos me oyeran : al cabo primera Azizi Mohamed, matrícula 2846!

él : es usté familia suya?

yo : no señor, soy su prometida

y de pronto, detrás, el estruendo de una voz estentórea, con la irrevocabilidad de la catástrofe súbita

cómo su pghometida?

la mongolfiera, amarrada todavía al suelo, sofocada de asombro, empinando el frasquito de licor hacia la oquedad circular abierta

usstet no ess su pghometida, usstet ess una vil impostogha!

se adelantó, tenía los pies muy pequeños, los arrastraba al andar, como si temiera perder contacto con tierra, levitar sin concurso del gas el cabo ess mi esposso leggítimo, noss hemoss cassado por poteress, aquí esstán mis papeless y mi passaporte sellado!

todo el mundo callaba, husmeando la tragedia, el sargento nos miraba a las dos y parecía bruscamente excitado, pasó recado al alférez, la otra resoplaba, gelatinosa, difusa, piscícola, medusea, agitando con furia su pasaporte lituano, había atravesado Europa para verte, voy a infoghmagh al cónssul de mi países, essto ess un atghopello, y tú, mi amor, tranquilito en tu celda, ignorante de la que habías armado en la sala de guardia, enorme follón, espantosa trapatiesta, hasta que el alférez te mandó buscar y te trajeron allí, escoltado con dos centinelas, y al ver el lío quisiste retroceder, te hacías el sueco, fingías no entender la algarada, era la revolución, la oficialidad había hecho círculo alrededor de vosotras como si fuerais gallos de pelea, la lituana me cubría de improperios, gritaba y gritaba, y todos disfrutaban de la situación, bromeaban contigo, celebraban la notoriedad internacional de tu miembro, pero a mí me daba igual, te había visto ya, tu gallardía, juventud, apostura, la ubérrima curva de tu portañuela colmaban mis esperanzas atávicas, sabía que nos volveríamos a encontrar, nos reuniría una conjunción astral favorable, el percance me hacía reír, te lo juro, la otra seguía con sus entonaciones bálticas y tú escuchabas cabizbajo, ladino, corrido, espléndido gato montés después de una noche de puterío inconfesable

eché por los cerros del Rif, se me subió la paganía al cielo, las ocho ya, y tú sin prepararte, línea de cejas, rimmel, colorete, lápiz de labios, pestañas ondeantes como flagelos, un toque de pintura para los lunares, imposible poner un poco de orden en tu refugio, fotonovelas, epistolario marchito, revistas ilustradas, páginas de anuncios, el añoso recorte que me indujo a buscarte, la impulsó a cruzar el océano, aterrizar en América, el útil más escalofriante del mundo señoras y señores, una crónica enloquecida, describía su talle, encarecía el tamaño, glosaba tu apoteosis escénica

arroparte bien, salir a la calle, recorrer la ciudad de metal y de niebla, automóviles, copos de nieve, luces de tráfico, ajena a toda idea de ligue ambulante, sin probar siquiera the cruising areas, Greyhound Terminal, Exchange Way, Liberty, Penn Avenue, rastrear afanosamente la pista que debe guiarle a las catacumbas, al regio y sombrío cubil, tus aposentos nupciales, armada tan sólo de un fino instinto de zahorí, al acecho de una señal del destino, guijarros sembrados a lo Pulgarcito, grutas, averno, albañales, nocturna espeleología, iluminada por la fe que me inspiras, risueña, animosa, tenaz, aguerrida, incansable

SIGHTSEEING-TOUR

the vitality of many bloods : the imaginative efforts of industrial
leaders : a concentration of natural resources and financial wealth
: a fortunate geographical formation and location : all of these
assets contribute to the character of the present day city
con los auriculares puestos, congresistas, delegados, visitantes
arrellanados en sus asientos, aislados, protegidos, insonoriza-
dos bajo techo transparente, convexo, vítreo, oblongo, heliofiltrante : grandioso cetáceo aparentemente amodorrado, con
su diáfana, radiante estructura magnificada por los rayos pun-
tuales, diligentes, casi oportunistas de un sol que, de ordinario, por estas fechas y en tales latitudes, suele escatimar su rubia presencia y no asoma la leonina cabeza sino tras lar-
guísimo compás de espera, como prima donna que, después
de hurtarse a los aplausos entusiastas de sus fanáticos, se
digna emerger al fin por el telón que cierra la boca del escenario, tras hacerse rogar y rogar, cediendo a la porfiada insistencia del público
here, the pistons of technological development accelerated during
the twentieth century and maintained their rhythm even during
the depression years : shafts of steel, sheaths of glass, thrust of con-
crete gradually reshaping their architectural contours : these reflect
the spirit of a city founded upon ideas : new concepts with which
to experiment, and proven ones deserving of innovation
explicaciones, análisis, panegíricos simultáneamente traducidos por los audífonos al medinés dialecto nativo, al habla
montañesa vernácula, halaiquís, asiduos, moradores de la
plaza venidos en group a disfrutar del insólito, atractivo espectáculo del tráfago, ajetreo, neblumo de la remota metrópoli industrializada : cautamente defendidos de la posible

contaminación ambiente
(todas las precauciones son pocas en estas tierras dudosas e ignotas, tan fascinadoras como extrañas)
gracias al techo resistente y hermético del monstruo fletado por los servicios de Sahara Tours : absortos en la contemplación del pintoresco, exótico panorama, admirativos del color local de una planificación desmesurada y onírica, pasmados con la vertiginosa proliferación celular, infusible, motorizada.

technological advances consistently originate in our industry : non-manufacturing enterprises presently thrive and increase in a most encouraging environment : all of these efforts and ventures project the city squarely into the exciting business of anticipating tomorrow : in addition to supplying many of the materials that sustain today's civilization, this capital commits itself to a kind of permanent transition, forever seeking imaginative and resourceful responses to a changing community, nation and world

congregados en refulgente islote de metal y vidrio, directamente transferidos de la ocrerrosada ciudad : con sus enseres dispuestos en el cómodo espacio habilitado ante los mullidos butacones del pullman o la vasta oquedad situada bajo los afelpados asientos : una cajita de metal con sus bienes raíces, una baraja gastada, una lámina de anatomía en color, un tratado de artes galantes y recetas afrodisíacas, un viejo y sobado ejemplar del Corán : ancianos de blanco hasta los pies vestidos, muchachas con aretes y pulseras de plata, almaizales de leve y sutil transparencia, profusión de cinturas y babuchas nuevas, turbantes como sierpes armoniosamente enroscadas

it exports steel, aluminium, glass, coal, iron, food products, know-how, and football players : it creates new talent, new ideas and new industries : it's a city of contrasts : the present is the cornerstone for the future, and the excitement today revolves around the

ambitious plans the people have for their community : it is an
amazingly young man! : and if our citizens have anything to do
with it, it will grow younger and stronger the older he gets!
un simple de espíritu que acaricia las cuerdas de su rabel,
amorosacunándolo como una nodriza
una mujer velada echadora de suertes
un milagrero encorvado con su tiza para diseñar graffiti
un muchacho acróbata vestido con chaquetilla y bombachos
de colores brillantes
bailarines gnauas, de blusa y calzones inmaculados, piernas
tersas, sombrías, de escueta y elemental desnudez
un gigante de cráneo robusto perfectamente rasurado, nuca
abultada y maciza, espaldas anchas, piel cobriza, labios gruesos, bigote mongol que escurre por la barbilla, dientes enfundados en oro
un mimo viejo tocado con una peluca rubia
dos payasos con orejas de burro y rudimentario disfraz
flautistas nervudos, de tez oscura y mostacho recio, acompañados de un zámil con prendas femeninas, tenue velo de gasa,
cinturón recamado
un colector de saurios de perilla faunesca, como espléndido
macho cabrío
una escriba con pluma, tintero y arrugado pergamino
mercaderes, alfaquís, artesanos, mancebos de botica, estudiantes coránicos
as you will observe, our reputation as an industrial center is mat-
ched by our growing ability to entertain, to enlighten, to provide
diversions for all ages and interests : within a compact city the va-
cationeer, the businessman and the entire family find easy access to
a variety of exceptional leisure pastimes
convergencia fluvial, superposición de maquetas, deslumbran-
tes estructuras metálicas, torres octogonales de cromado es-

pejo, puentes de acero, esférico casquete como anillo saturnal o bonete eclesiástico : atentos a la traducción simultánea del cicerone, que sonríe y extrema su diligente celo aguardando el momento de conducirlos al hotel en que se alojan y embolsillar obsequioso la mezzo voluntaria propina : insistir por ello en los aspectos más coloridos y típicos del país nativo, susceptibles de promover su interés y alimentar la previsible curiosidad : por ejemplo, la prohibición edilicia, recientemente impuesta a los indígenas, de caminar por el perímetro urbano, a fin de no estorbar con la torpeza y lentitud de los bípedos la libre y veloz circulación del parque motorizado : arresto inmediato de los infractores y su sometimiento obligatorio al alcohol-test : multa ejecutable in situ y, en caso de reincidencia, atrofia forzada de los miembros inferiores del culpable y envío subsiguiente a algún centro gratuito de reeducación : aclarar con sonrisa tranquilizadora que dichas medidas ciertamente draconianas, pero saludables y justas no se aplican en ningún caso a huéspedes y turistas : creemos en la inmejorable bondad y validez de nuestro propio modelo : no obstante, respetamos las opciones ajenas y no tratamos de extenderlo por fuerza a los demás

few places of the world enjoy topographies as spectacular as our's : the city's triangular formation on three rivers, the Allegheny, the Monongahela and the Ohio, creates an unforgettable visual experience : an observation deck fashioned by nature rises 600 feet above the rivers to present an extraordinary 17-mile wide panorama of the city : some of our most glamorous restaurants and cocktail lounges reside atop Mt. Washington and they enhance luncheon or dinner with an exciting view : on evenings, from May through October, an illuminated fountain froths at the Point

dejarles apuntar con los prismáticos al surtidor que pródigamente eyacula su penacho de vana espuma, detener la mirada en el sugestivo vergel púbico, triangular creado por la confluencia fluvial, intercambiar maravillados comentarios al abrigo del pullman

insistir a continuación en otras facetas notables y sorprendentes de la industriosa ciudad y su peculiarísimo sistema social

people travelling to the city from Parkway West pass through the Fort Pitt Tunnel and onto the Fort Pitt Bridge, which makes the downtown's most impressive gateway, arching its framework suddenly against the vertical splendor of the Golden Triangle : the Hilton Hotel faces the bridge : Gateway Center buildings rise in the background : top right : our oldest structure, the Blockhouse of Fort Pitt attracts history students to Point State Park : across the Allegheny River, the Three Rivers Stadium creates contemporary contrast

los self-services, por ejemplo

a quién no se le ha ocurrido en efecto al pasar frente a los taburetes y mesas funcionales de plástico tipo Mc Donald's o Kentucky Fried Chicken donde los clientes consumen hamburguesas, perros calientes o sángüiches de jamón ahumado, separados tan sólo de los transeúntes por la indiscreta luna del escaparate, detenerse frente a uno de esos obnubilados tragones que zampan a doble carrillo para contemplarle fijamente desde el otro lado del cristal con muda, severa, fría reprobación hasta confundirle y culpabilizarlo, exactamente como si estuviera cagando?

pues bien, este espectáculo chocante, tan común en otros tiempos, ha sido erradicado por completo de nuestra pionera ciudad por la sencilla razón de que hemos transformado de modo radical la primitiva, tradicional noción de alimento

en lugar de manjares pesados e indigestos, que cargan inútilmente el estómago y provocan a la larga toda clase de dolencias intestinales, hemos impuesto el uso exclusivo de productos previamente digeridos a fin de evitar al organismo el desgaste y fatigas ocasionados por la masticación de los materiales nutritivos, su deglución y prensión : nuestro lema más competitivo : no teman ya a la úlcera de estómago ni a las enfermedades biliares ni pancreáticas : coman sin inquietudes ni complejos : previsoramente, hemos digerido por usted!

cómo? : mediante la fabricación masiva de pastillas, ampollas disolvibles y píldoras convenientemente dotadas del equivalente exacto de vitaminas, calorías, sales etcétera de los correspondientes comestibles a los que suplen con ventaja y que, desleídas lentamente en la boca, procuran unas delicias palatales, gustativas, capaces de satisfacer las exigencias de perfección y refinamiento del más acendrado gourmet

sea en el habitual snack o módico self-service, sea en el local francés más encopetado y selecto, ustedes pueden elegir el plato o combinación de platos que más les convengan y disfrutar a solas, con su familia o miembros de su empresa, según sus deseos y posibilidades económicas, ya de un tentempié o refrigerio, ya de un elaborado festín tres estrellas

observen, señoras y señores, el vecino restorán : brillante ejecutivo de Kauffmann's y esposa celebran su décimo aniversario de bodas y han escogido para festejarlo un decorado clásico, elegante, discreto : camareros en tuxedo, chef de cuisine de toca blanca, cuatro servicios de preciosa vajilla, rica mantelería bordada : menú del día : crème vichyssoise, soufflé de barbue aux coulis d'écrevisse, filet de boeuf aux truffes, charlotte aux framboises : el ceremonial, ambiente, atenciones del personal, música de fondo son los mismos de siempre, pero los alimentos han sido sustituidos con diminutos concentrados de aroma exquisito y delicado sabor que descargan al sufrido aparato digestivo de su reiterada, mecánica función :

absorber la comida a través de las paredes intestinales o expulsarla a lo largo de sinuosidades y meandros hasta la calamitosa e infausta recta final : agreguen a ello la exaltadora facultad de eliminar todo residuo o huella de la sutil, quintaesenciada ingestión con una simple presión del botón que noblemente reemplaza cadena y depósito en nuestro modelo original patentado de waterflash electrónico, y medirán el alcance pasmoso, en términos de higiene y estética, de nuestra audaz decisión comunal!

in this compact city a tourist may reach any important downtown destination by walking if he wishes : on the way, he may purchase from, or simply browse trough, the world market of synthetic foods : he may choose from a variety of fine restaurants, some with breathtaking views of the area : in planning our changing scene, we considers the well-being of our citizens and our guests!

otra particularidad típicamente nuestra : el racional e insuperable sistema de fecundación

como ustedes sabrán, señoras y señores

(expresión indescifrable en el rostro de los marrakchís apiñados en el jadeante cetáceo)

la creación de un individuo supone la reunión de dos gametos : óvulo y espermatozoide

el primero suele ser único : emitido por el ovario al fin de cada ciclo menstrual, su trayecto es sencillo y breve : recorrer el tercio exterior de la trompa al encuentro de sus complementarios

éstos

al contrario

son arrojados por millones, con una gran proporción de tarados o inútiles

(un cuarenta por cien de formas anormales e infecundas)

un número inferior de inmóviles o lentos

(entre un veintre y treinta por cien)
y una gran cantidad de residuos
(células inmaduras o no implicadas en el proceso de reproducción)
la finalidad de la enorme desproporción en la fabricación de
gametos macho y hembra constituye un profundo misterio
que inútilmente han tratado de desentrañar biólogos y científicos del mundo entero
la carrera hacia el óvulo
señoras y señores
evoca en cierto modo la imagen de un gigantesco cross-country
al comienzo de la prueba, millones de participantes, como
obedeciendo al silbato del árbitro, son propulsados al asalto
de la vagina en donde una gran mayoría de ellos permanecerán inmóviles, prematuramente vencidos y exhaustos
solamente algunos centenares de miles se introducirán en la
líquida secreción del cuello del útero, barrera o impedimento
que impone una primera y radical selección : allí se estrellarán
los incapaces, desmañados o tardos, los perezosos, los dotados de escasa movilidad
los más activos y emprendedores alcanzarán en cambio las
criptas del cuello y partirán en batallones sucesivos de varios
millares a la conquista del codiciado gameto de signo
opuesto, que únicamente el más hábil, veloz, resistente llegará
a penetrar
para ello tendrán que seguir su marcha a campo traviesa y
eludir una serie creciente de dificultades y trampas del orden
de las que acechan al aficionado en el juego de la oca pero
que, a diferencia de éste, implican en cada caso un fallo irremisible, mortal de necesidad
deberán atravesar la parte alta del útero, químicamente hostil,

plagada de peligros y entrar en la trompa, donde los riesgos
son menores y el recorrido momentáneamente benigno, favorable   .

algunos centenares se aproximarán así paso a paso, en una excitante carrera de obstáculos, al tercio exterior de aquella, te-
rreno propicio a la fecundación

el instante es de gran emoción, señoras y señores!

la prueba ha durado alrededor de seis horas y la inmensa
mayoría de los participantes en la misma han arrojado la toalla, han muerto de consunción!

las olas sucesivas de corredores partidos del cuello se demora-
rán tres o cuatro días en el lugar electo, pausa empleada por
cada contrincante para perfeccionar su propia destreza y en-
trenamiento y analizar minuciosamente la técnica y habilida-
des de los demás

el óvulo asiste atractivo y señero, bello como una blonda
princesa encantada, al juego implacable de los gametos riva-
les mientras se observan mutuamente con recelo y espían sus
menores movimientos, prestos a frustrar de inmediato las ve-
leidades de conquista del más impaciente o audaz

el cross-country se ha transformado insidiosamente en un extraordinario partido de rugby, cuya única regla consiste en la
lucha feroz de todos contra todos!

arrebatiñas, zancadillas, driblajes de los ansiosos, ya enloque-
cidos espermatozoides, cerca, cada vez más cerca de la anhe-
lada diana!

y he aquí que uno de ellos

señoras y señores

ágil, astuto, imaginativo, raudo, fantástico

pasa entre los demás, elude sus emboscadas, corre, se cuela,
prosigue, avanza, avanza!

increíble, señoras y señores!

129

el fabuloso gameto, el Pelé, el Zatopek, el Di Maggio de los espermatozoides distancia definitivamente a sus competidores!

cubre el trayecto que le separa del óvulo con un ritmo y elegancia asombrosos!

avanza, se acerca, se acerca, penetra, encesta, se mete, la mete, d-a e-x-a-c-t-a-m-e-n-t-e e-n e-l b-l-a-n-c-o!

GOL, GOL, GOL!!!

un momento de insuperable emoción, señoras y señores : de entusiasmo que enronquece la voz!

único, exclusivo vencedor entre millones de infortunados participantes, el héroe del día, el as de ases las está pasando en grande con su princesa rubia, y les deseamos de todo corazón a los dos

    un lindo dindín
    un espeluznante tiquitiqui
    un gran bacilón
    un lima-y-lima terrible
    un maxi-dinguilindón de lo más dulce y sabroso

feliz luna de miel, pelotudo, ligón, supermacho!

te la has ganado a pulso como los buenos!

goza, disfruta, descerebélate, pierde los tuétanos!

desde tribunas, asientos y graderíos, los espectadores, unánimes te envidiamos!

this Gateway Center skyscraper wears its skeleton of high strength special alloy steel on the outside : it functions as headquarters for the United Steelworkers of America

the most recent addition to the Gateway complex is the world headquarters building of Westinghouse Electric Corporation

contemplemos ahora atentamente la excepcional configuración geológica de nuestra industriosa ciudad

desde el soberbio mirador natural del Mt. Washington, la

cuña o espacio progresivamente encajonados por la confluencia de los ríos Allegheny y Monongahela, cuyas aguas, al fundirse, inauguran la corriente del majestuoso río Ohio

este triángulo invertido cuyo pico se sitúa en el Point State Park y cuyos lados se ensanchan siguiendo a contracorriente la trayectoria de las aguas

nuestro querido y mundialmente famoso Golden Triangle

no evoca gráficamente la representación de los órganos de reproducción femeninos a lo largo del ciclo menstrual?

examinen a continuación, señoras y señores, el grabado anatómico proyectado en el circuito de televisión interior del pullman y estamos seguros de que la evidencia del singular paralelo les sobrecogerá!

el verde jardín del Point State Park no representa quizá la forma acogedora y amena del codiciado dispositivo vaginal?

trasladamos ahora la vista al punto por donde incesantemente se embocan millares y millares de vehículos procedentes del Fort Pitt Tunnel, a esta Liberty Avenue que arranca entre los modernos edificios del Hilton y el State Office

dicho lugar tan propenso, ay, a los atascos y embotellamientos que son inevitable producto de su característica conformación de embudo

no es ni más ni menos, como habrán adivinado ustedes, señoras y señores

que el cuello del útero

el cuerpo de éste, comparado a menudo a una pera aplastada, de extremidad inferior cónica y superior anchicorta y holgada, cuyas paredes externas, sinuosas, ligeramente cóncavas forman una arcada continua desde el itsmo de la matriz al ángulo en que se opera la inserción de los oviductos, el ovario y el ligamento redondo, será, como es obvio, nuestro célebre

Distrito de Negocios, en el que el trayecto más idóneo para
la comprensión del paralelo que trazamos consistirá en el que,
partiendo de Liberty, pasa por Sixth Avenue, Mellon Square,
bordea las imponentes moles de piedra o acero del William
Penn, Carlton House y US Steel Building y se emboca por
Webster Avenue
es decir, por la trompa
conducto situado a ambos lados del útero, en la aleta superior
del ligamento ancho, conectado por un extremo al cuello de
la matriz y por otro al ovario, y cuyo itsmo inferior dobla
con posterioridad su diámetro en el punto destinado a la fecundación
lugar en que el óvulo, tras breve trayecto por el tercio ex-
terno, sale coquetamente al encuentro del pelotón de cabeza
espermatozoide que viene veloz en sentido inverso
zona verde afortunadamente dispuesta en el centro de la ciudad, cómodo reñidero de la gran lid amorosa, soñado edre-
dón de mil batallas, impresionante cama redonda!
sí, sí, sí
se ve, se siente : el ligue está presente!
el seductor, hechicero gameto hembra, visible a más de
treinta millas de distancia gracias al deslumbrante domo de
acero en el que el pensilvano sol espejea
nuestro lugar favorito de asamblea, conmemoración y solaz
la popularísima
espectacular
acojonante
CIVIC ARENA!
imaginemos ahora la carrera, señoras y señores
la alucinante prueba de obstáculos
el feroz, despiadado cross-country

millones de espermatozoides ansiosos se vuelcan en oleadas
sucesivas por el Fort Pitt Bridge ubicado precisamente al pie
de nuestra maravillosa atalaya
penetran en el Point State Park, la grata y hospitalaria vagina
la mayoría de ellos se inmovilizarán en ésta o irán a estrellarse
en la barrera-embudo de Liberty, en descomunal y salvaje he-
catombe
pero los más capaces sortearán impedimentos y peligros uteri-
nos, cruzarán el Business District, alcanzarán por Webster
Avenue el istmo inferior de la trompa
allí, señoras y señores
la competición se transforma en un multitudinario partido de
rugby, un terrorífico nido de alacranes, un súbito y colosal zafarrancho!
la mirífica cúpula del gameto hembra, nuestra espléndida, ini-
mitable Civic Arena aviva las ansias de posesión frenéticas de
la masa enardecida de contrincantes!
hasta que uno de ellos, señoras y señores
mezcla arrolladora de Pelé, Zatopek y Joe Di Maggio
dribla a sus compañeros de juego, escapa a su celosa vigilancia, acude, corre, vuela, se lanza al encuentro del óvulo a un
ritmo fantástico, liga vertiginosamente con él, perfora el
domo de acero con su potente taladro!
*The United States Building is sheathed in Cor-Ten, the corpora-
tion's special steel that weathers to form its own protective coating
: the 64-story structure incorporates pace-setting engineering inno-
vations and includes a rooftop restaurant with a city-wide
view*
pasemos ahora, señoras y señores, de la ciencia ficción a los
hechos
si tenemos en cuenta que los progresos realizados en el campo

de la conservación del esperma permiten ofrecer todo tipo de alternativas procreadoras a la pareja siempre que, claro está, la mujer sea fértil, por qué no encarar de entrada, nos dijimos, la mejor solución?

cada vez con mayor frecuencia, las modernas sociedades industriales abandonan las azarosas, artesanales, incómodas maniobras de copulación por una inseminación racional y científica fundada en la existencia de bancos de esperma guardada conforme a las técnicas más avanzadas de congelación

condicionados en pequeños tubos de 0,5 a 1 milímetro a los que se ha agregado una dosis adecuada de glicerina, convenientemente dispuestos en azote líquido a −184°, los espermatozoides pueden mantener su fertilidad no ya unas horas o días, sino por espacio de años : el deshielo se efectúa a la temperatura ambiente y no requiere el auxilio de ninguna técnica particular : la bondad del esperma disminuye un tanto, pero basta con creces para permitir la fecundación : los niños resultantes son física y sicológicamente normales y estudios llevados a cabo años más tarde muestran sin lugar a dudas que ocupan posiciones privilegiadas en todas las ramas de los deportes, la administración, el saber

la selección del genitor debe responder, como es lógico, a una serie de coordenadas vitales, a fin de que la criatura inseminada no ofrezca caracteres incompatibles con los de sus padres : los donantes tendrán que ser inteligentes y sanos, desprovistos de toda tara hereditaria y dotados de esperma de excelente calidad

para proceder de modo eficiente a la elección del mejor candidato, nuestra municipalidad ha ideado un ingenioso procedimiento que nos remite de nuevo al símil del cross-country que acabamos de evocar todos los individuos de sexo masculino mayores de veintiún años de buena raza y sangre tienen el derecho y deber de participar en la competición anual destinada a coronar al rey del tiro, el dichoso y popular garañón

la primera criba de aspirantes al título se hará con ayuda de los ordenadores : barrera o cedazo que retendrá a los menos aptos, como a los gametos inmóviles emitidos en el interior del núcleo vaginal

tras entresacar así a los más capaces, el proceso eliminativo de los demás se ejecutará con la participación masiva y directa de las primeras interesadas en el tema, esto es, de todas aquellas viudas, casadas, solteras que, tras haberse asesorado con las oportunas instancias jurídicas, religiosas y sociales, deseen estrenar o repetir la entrañable experiencia de la maternidad

imágenes en color de centenares o miles de pretendientes aparecen proyectadas en un especial circuito televisivo, ya se trate de escenas filmadas en el hogar del candidato, ya en sus horas de asueto o medio de trabajo, sin omitir primeros planos, en condiciones normales o a punto de tiro, de sus prendas y atributos más íntimos

con todos los elementos de juicio en mano, las futuras madres proceden a florear los contendientes más dinámicos y atractivos, otorgando a cada uno de ellos la nota correspondiente a sus diversas cualidades y partes

el vencedor de la prueba será quien obtenga cotas más altas de estima, y así plebiscitado por doncellas, esposas y madres de familia, se convertirá en el fecundador exclusivo de todos los óvulos de la villa en su condición privilegiada, perínclita de MISTER LOVE!

two octogonal towers with a common core which at once conserves energy and includes the life safety system of tomorrow : at right,

the modernity of National Bank Building and One Oliver Plaza
reaches for future's skies
cortometraje del último ganador del certamen
breves secuencias de Mister Love con su perro de lanas, acariciando electoralmente la cabeza de un niño, fumando Mal-
boro vestido de vaquero, tumbado a la orilla del mar con una
botella de cerveza mediada
claras, sentenciosas, rotundas declaraciones que permiten
apreciar el timbre cálido, apasionado y viril de su voz
me gusta Heineken porque tiene sabor!
compendio ilustrativo de sus aficiones, preferencias, lecturas,
ideas filosóficas, hábitos culinarios
indumentaria ideal?
camisa Saint-Laurent, pantalones Cerruti, chaqueta Barney's,
calzado flexible y suave gracias al modelo anatómico, trans-
pirable de Yanko
cuál es su prototipo de mujer? : la madre, la hermana, la
amiga, la cómplice, la puta, la esposa?
respuesta fulgurante, dentífrica
a mí me seducen todas!
close-up de su instrumento, primero fláccido y a continuación
erecto
glosa posterior, con expresión modesta, inefable
francamente, de mí no se queja nadie!
y de nuevo el hogar, el jardín, la piscina, al volante de su recién adquirido Ford Capri, de compras en Chatham Center,
en una reunión de ejecutivos de Koppers, ingresando un che-
que en su cuenta personal de Equibank, distribuyendo sonrisas y autógrafos a sus futuras amantes
sus coordenadas

> una simpatía contagiosa
> un juicio sereno

un carácter alegre
una salud de hierro
una experiencia única
una personalidad arrolladora
resumen en off, con voz femenina
quien lo prueba, lo adopta!

the retractable stainless steel dome of the Civic Arena and Exhi-
bit Hall is 415 feet in diameter and 135 feet at its apex : the
Arena serves as a sports center during hockey, tennis and college
basketball seasons : ice shows, industrial exibits and musical occa-
sions of many kinds are also presented here

contemplen por fin, señoras y señores, la ceremonia inolvidable de la fecundación
la belleza rubia, primorosamente vestida de blanco, se dispone a introducir con una sonda el espermatozoide del vencedor en el tercio exterior de la trompa
pelo ahuecado, en ondas, como el colmo de un sorbete de vainilla : ojos azules y cívicos, presbiterianos, antisegregacionistas, abrahamlincolnianos : labios rojos, de maniquí o modelo,
dibujados con gran esmero : ejemplo vivo de las virtudes fundacionales de los Pilgrims : sobriedad, economía, creencia firme en los méritos del fair-play, individualismo, progreso
fotos del ídolo cubren paredes y muebles de la habitación, su
imagen agrandada irradia una deslumbrante sonrisa proyectada en la pantalla del último modelo de televisor
música de fondo discreta y romántica, encargada de subrayar
la trascendencia y sublimidad del encuentro
Chopin, Liszt, Johann Strauss acompañan con sus melodías
selectas el trayecto de la vagina al oviducto, del Fort Pitt
Bridge a la Civic Arena
rubor, emoción, expresión de éxtasis de la fecundada, cuyo

rostro, como podrán apreciar ustedes mismos, se crispa, ex-
travía, parece desencajarse, alcanza paroxismos nunca vistos,
grita, vocifera, ruge, aúlla con intensidad lancinante
el espermatozoide
entre tanto
avanza, se acerca, penetra, se mete, da exactamente en el
blanco!
zas, ya está!
acordes de la marcha nupcial magnifican la hazaña del me-
teoro, la incontenible explosión de dicha de la agraciada
dueña del óvulo!
la ceremonia ha durado un minuto y treinta segundos reloj en
mano
un ahorro increíble de dinero, capacidad y energía!
para la comunidad
para los contrayentes
para todos
nuestro lema es el mismo de siempre y no nos cansaremos de
repetirlo
EL TIEMPO ES ORO!
*city of hills, valleys, creeks, and three rivers, our capital is laced
together with bridges : seven spans can be seen in this fantastic view
from Mount Washington*
el sightseeing-tour ha terminado
con los auriculares puestos, los congresistas, visitantes, delegados arrellanados en sus asientos, aislados, protegidos, inso-
norizados bajo el techo transparente, convexo, vítreo,
oblongo, heliofiltrante del grandioso cetáceo todavía adormi-
lado digieren como pueden las explicaciones, análisis, panegíricos recién traducidos al medinés dialecto nativo, al habla
montañesa vernácula : absortos en la contemplación del pintoresco, exótico panorama, admirativos del color local de una

138

planificación desmesurada y onírica, pasmados con la vertiginosa proliferación celular, infusible, motorizada
attractive suburban communities and shopping malls dot roads
east from the Golden Triangle : farther east, the Laurel Moun-
tains offer a source of escenic beauty and serve as the location for
winter and summer resorts and recreation
cuando la portentosa ballena se pone en marcha, los halaiquís,
asiduos y moradores de la plaza murmuran un maravillado
ya-latif!
el monstruo velozmente desciende la alocada pendiente, se
emboca de súbito por Fort Pitt Bridge, sigue la bifurcación
lateral del Point State Park, se inmoviliza con su carga de
VIPS frente al hotel más postiñero de la ciudad
el obsequioso cicerone evoca agresivamente la propina con la
mano tendida, junto a la puerta
fuera, los habituales curiosos rodean al group, solicitan autógrafos y monedas, proponen excursiones y visitas, reclaman
tenaces toda clase de recuerdos
los aturdidos viajeros acaban cediendo de puro cansancio,
cruzan el vasto y lujoso vestíbulo del hotel, reciben las llaves
de un impasible cancerbero, escuchan las últimas instrucciones
de su mentor, entran en los ingrávidos, silenciosos ascensores,
se dispersan por pasillos y ascensores listos para rematar la
excitante jornada con PB News, Radio Liberty, ante la pequeña pantalla del televisor

ELOÍSA Y ABELARDO

un verdadero scoop : la vida en el subsuelo : alguien les había informado de ello, no sé si Bob o el cuñado de Bob, cruzaba el Business District de madrugada y vio cómo levantaban desde abajo la abertura metálica que cubría la boca de salida, con muchas precauciones, explicó, a fin de no ser descubiertos, y él al principio creyó que soñaba y estacionó el coche en la esquina, apagó los faros, comprobó que la tapa seguía alzada, lentamente emergía una cabeza, echaba una ojeada de inspección y, al cerciorarse de que el sitio estaba desierto, empujaba la trampa al lado, subía los últimos peldaños, lanzaba un silbido diciendo campo libre chicos y aparecían cinco o seis más, todos con la misma pinta que el primero, un grupo de borrachos o mendigos, abandonaban secretamente su guarida para procurarse alimento, hurgar los cubos de basura antes de que pasara el camión municipal, cotizar lo necesario para unos litros de vino peleón o aguardiente barato, como hienas nocturnas en plan de merodeo, algo alucinante te lo juro, y cada noche era lo mismo, él conocía el lugar exacto, vosotros que trabajáis en PB News deberíais ir con él y os mostrará el agujero, un viajecito por las alcantarillas donde viven ocultos, si les dais un poco de pasta se dejarán entrevistar tal vez, imaginas el título de la emisión?, Los Nuevos Trogloditas, En el Subsuelo del Golden Triangle o mejor aún Una Jornada en el Averno, no, eso sonaba demasiado culto, los radioescuchas no entenderían, por qué no algo más chocante, espectacular del tipo de En los Intestinos de Nuestra Ciudad, di Joe, qué te parece?, y él, tú siempre empiezas la casa por el tejado, guarda los titulitos para luego, lo primero es localizar la boca por donde entran, llevar un buen equipo portátil, vete ahora mismo a ver a Eddy y dile que te dé lo mejor que tenga, que no nos reviente como la última vez con su maldita tacañería, quiero algo superior, en perfecto estado, hala qué esperas?, que me digas para cuándo, para cuándo coño quieres que sea?, para esta misma noche muñeco, oye yo tengo un compromiso con una amiga, mira tú ya me estás tocando los güevos si no quieres ir no vas y tan tranquilos, joder no te cabrees a qué viene esta prisa?, el tipo ese habla por los codos y como se lo ha contado a Bob lo contará a otros, no te das cuenta de que es un notición y se nos puede adelantar cualquier hijo de puta?, el jefe lo decía hace poco, lo que me falta aquí son iniciativas e ideas, o me descubren ustedes nuevos temas o les pongo de patitas en la calle, esto no es un club de beneficencia sino un negocio y el negocio debe rendir está claro?, así que se mojan ustedes el culo y me traen algo inédito o ya lo saben leches, ésta es mi última advertencia, así exactamente majo, con las mismas palabras con que te lo cuento, de modo que no vengas a chingar con lo de la amiga muchacho, si no corremos detrás de la liebre nunca la pillaremos, esta es la gran ocasión te enteras?, bueno bueno de acuerdo, anularé la cita, voy contigo, ahora mismo me encargo del material, necesitamos algo muy ligero, cuerdas, mochilas, linternas, como si fuéramos espeleólogos te das cuenta?, sí claro pero qué pasa, te ocurre algo?, sí, Ben, el título, el puñetero título, lo encontré ya, algo genial, como la emisión infantil de TV no caes?, qué emisión?, si serás cabezota tío, no hay un solo chaval que no la vea, la de Julio Verne maricón, el Viaje al Centro de la Tierra

aguardar la oscuridad para alzar la cubierta con todo el sigilo que la circunstancia aconseja : pozo vertical de alguna galería

de servicio con estribos de metal incrustados en el revesti-
miento, como las escaleras de socorro de los inmuebles antiguos : embocarse por él con el equipo sonoro a cuestas, vestidos con monos y.botas de alcantarillero, tras haber explorado
el trayecto con sus linternas de bolsillo : ajustar de nuevo la
trampa encima de sus cabezas y empezar a continuación el
cauteloso descenso al negro cubil donde la comunidad se cobija
has llegado ya Ben?
no, falta muy poco
qué hay abajo?
no pases miedo cariño, aquí me tienes contigo
tú siempre con ganas de joder
piensa en el éxito leche, seremos famosos!
yo sólo te preguntaba si tocas fondo
ya toco chaval, mira qué facilito!
poner en marcha la cinta grabadora, asegurarse del buen fun-
cionamiento del micro, aclararse la garganta antes de comen-
zar, probar el sonido
uno dos tres cuatro, y el que llegue último a tomar pol saco,
jeje, veamos si se escucha
sí, muy bien
y si te estuvieras quieto mientras hablo en vez de acariciarte
los timbales se oiría mejor
bueno, cállate
　　　　uno dos tres, Viaje al Centro de la Tierra, En las Ca-
　　　　tacumbas de Nuestra Ciudad, una exclusiva mundial
　　　　de PB News, El Micrófono Indiscreto, Segundo
　　　　Programa!
largo corredor en abrupto declive, ratas fugitivas, murmullo
de agua, siglas misteriosas escritas en el muro, remotos vestigios de asamblea humana : cerillas, frascos de vino vacíos,

145

bolsas de papel de alguna licorería o tienda, un ejemplar del
diario local con la fecha del día, una maltrecha lata de cerveza : la luz de la linterna dispersa brutalmente sínodos rato-
niles : tubos herrumbrosos siguen la dirección de la galería y
humean a trechos igual que chimeneas
has visto Ben, para qué servirán?
calefacción general nene, no te das cuenta de la temperatura
que hace? esa gente vive enterrada por las mismas razones
que los cavernícolas del Cuaternario, evitar el frío para sobre-
vivir sin tener que pagar cuentas al propietario!
llegar al final del corredor, desembocar en el andén de una
vasta alcantarilla, caminar por él una centena de metros, dar
de súbito con una olorosa cascada, cambiar de nivel, trepar
por una breve escalerilla, encontrar otro andén, proseguir la
incursión al borde de la cloaca

       señoras, señores, radioescuchas todos, Joe Brown y
       Ben Hughes, del equipo de PB News, en una emi-
       sión grabada en el subsuelo del Business District,
       Viaje al Centro de la Tierra!
       en las entrañas de esta urbe sepultada por lavas in-
       candescentes de un nuevo Vesubio, un laberinto de
       escaleras, pasillos, sumideros, cloacas ha sido el lugar
       elegido por un grupo de nuestros conciudadanos que,
       desengañados del mundo en que vivimos por unos
       motivos que ellos mismos se encargarán de exponer a
       lo largo de este sensacional programa, han resuelto
       acogerse al reino de la noche perpetua, entre los resi-
       duos y deyecciones que diariamente expulsamos, sin
       más compañía que millares y millares de roedores
       que, sorprendidos por la intempestiva visita del
       equipo de PB News compuesto de mí mismo y mi
       colega Joe Brown, huyen despavoridos en todas di-

recciones, no es así Joe?

exactamente Ben, un espectáculo como para acabar con el prestigio de la poderosísima industria raticida!

nuestros trogloditas han preferido la tiniebla a la luz, la suciedad a la limpieza, el roedor al humano, una opción difícil de comprender señoras y señores, pero a la que el equipo especial de PB News se esforzará en dar una explicación plausible con ayuda de los propios interesados

el mito de la caverna, la vuelta al feto, eh Ben, qué te parece si invitáramos a venir al señor Freud?

sí señoras y señores, mi amigo Joe tiene razón, nuestro hallazgo habría apasionado sin duda al ilustre Edmund Freud si el pobre no hubiese muerto ya hace muchísimos años, el retorno al período fetal combinado con la atracción inconsciente de la fosa séptica!, éstas y otras muchas revelaciones las obtendrán ustedes si sintonizan esta noche con Joe Brown y Ben Hughes, del equipo especial de PB News, en su terrorífica emisión Viaje al Centro de la Tierra!

has cortado Ben?

sí

bueno, pues déjame decirte que de Freud tú no has leído ni las tapas, de otro modo no le habrías llamado Edmund sino Sigmund!

Sigmund o Edmund no me vengas ahora con chorradas, se trata de distraer al gran público cariño, éste no es el Magazine Cultural de los Viernes!

y avanzar todavía por el andén acompañados con el rumor de las acometidas que desagüan en la cloaca, buscando afanosamente la pista que debe llevarles a los trogloditas, sin descu-

brir otra cosa que nuevas cañerías, colectores, pasillos, nubes
de ratas

oye tú, esto no hay quién lo aguante, por qué no nos trajimos
una máscara?

tú te callas bombón y si te pica ráscate, que aquí hemos venido a pencar y no a oler jazmines te enteras?

cuando pienso en la cita que tenía arriba

pues la próxima vez te traes a tu princesa y me dejas en paz,
quién sabe si la vista de las ratas no la excita, conozco a una
que se corría con verlas!

bromas, desahogos, insultos, explosiones de rabia : paulatinamente abrumados por la lobreguez, oscuridad, silencio, im-
presión de clausura : el dédalo de tubos, calderas, corredores,
trampas : el andén que interminablemente se prolonga : su
soledad de mineros de fondo atrapados lejos de la salida

descubrir con alborozo las pruebas de una embrionaria vida
comunal desertada de improviso : colillas, latas, yacijas de
saco y cartón, hornillos humeantes : un cazo de sopa a medio
guisar! : como un recién levantado campamento de indios

mira Joe, acaban de irse no hace ni un minuto!

habrán visto la luz, pensarán que somos dos pasmas

tú crees?

si no por qué se habrían largado? oye conéctame el micro,
voy a soltar otro rollo, preparado?

a punto!

> después de un impresionante recorrido por nuestra
> extensa red de alcantarillas, escoltado de un séquito
> fiel de ratas de buen tamaño y envuelto en un olor
> que haría desvanecerse a gran número de nuestros
> queridos radioescuchas, el equipo formado por Joe
> Brown y Ben Hughes de PB News ha dado con el
> primer refugio de trogloditas en las entrañas de nues-

tra ciudad, nada menos que en la vertical de Equibank y Midtown Towers!, la linterna de mi colega desvela sucesivamente señoras y señores media docena de cartones aplanados para servir de lecho y sacos utilizados de almohada, varios frascos de vino vacíos, una dos tres cuatro cinco latas de cerveza, una navaja de boyscout, una cuchara sin mango y, prueba infalible de su cercana presencia, un bote de sopa Campbell que humea todavía en el fuego, un bote de, Joe?

puré de cangrejos!

un bote de puré de cangrejos, señoras y señores, un éxito increíble, un éxito abracadabrante de la famosísima casa Campbell, cuya expansión arrolladora no conoce obstáculos y alcanza, como acabamos de ver, estos parajes dantescos!, algo más, Joe?

un recipiente con el agua que escurre de los tubos de calefacción general, un recipiente lleno de, voy a ver, meto la mano con precaución no sea que me escalde, no, no quema, está tibia, lleno de de de, de ropa sucia!, camisas, dos camisas, calzoncillos, hasta un pantalón!, algo así como un lavadero municipal con dos paquetes de Tide, incluso un cepillo para frotar las manchas más resistentes!

fantástico Joe, realmente fantástico, el equipo de PB News, a cien metros bajo el nivel del suelo, en su programa exclusivo Viaje al Centro de la Tierra ha descubierto para ustedes, a los pies de Oliver, Bigelow y Mellon Square, una tosca pero floreciente comunidad de compatriotas que, voluntariamente al margen de nuestros principios filosóficos de rendimiento y progreso, reconstituyen en la eterna oscuridad de las catacumbas una estructura social atávica, ahistórica, atemporal, en la que el ciclo solar, base del calendario de todas las civilizaciones conocidas hasta la fecha, no desempeña, y eso es extraordinario, papel alguno, decías algo Joe?

sí Ben, sigue los rayos de mi linterna, el ladrillo, el adoquín, la tabla de madera son un rudimentario planchador empleado por los trogloditas después de la colada y aquí tienes la prueba, unos viejísimos pantalones de soldado llenos de remiendos, pero tiesos, sin arrugas, con la raya perfecta!

un motivo de reflexión profundo, queridos radioescuchas, descubrir un prurito de limpieza en la negrura inhóspita de estos lugares, algo emocionante como un rayo de luz, esperanza y ternura que nos revelase que a pesar del cúmulo de desdichas y tragedias personales que haya podido abocarles a la triste decisión de enterrarse en vida nuestros hermanos de las alcantarillas han conservado un pequeño recuerdo, quizás una inconfesada añoranza de sus costumbres antiguas, cuando vivían el drama y belleza de la existencia igual que nosotros, y aquí quisiera referirles una anécdota muy simple, muy humana, muy entrañable de un reportaje que hice años atrás en el ghetto del Bronx, pero advierto que mi colega me hace señal de callarme, acaba de encontrar sin duda alguna pista importante y me veo forzado a dejarla para luego, señoras y señores siempre a la escucha de Joe Brown y Ben Hughes del Segundo Programa de PB News, hasta dentro de unos momentos!

era ella, soy yo, eres tú, tardabas en venir, me consumía de
impaciencia con esos botarates : vestida siempre con tus mejores galas : robe poética puntuada de flores, decolleté anticonvencional, falda amplia con cola de volantes? : o una
combinación del modelo Icare, en crepé polyester y el Etincelle, con velo y crin primorosamente bordada? : acariciando
en cualquier caso la toca de tul sin escuchar murmullos de desaprobación, comentarios en sordina, risitas ahogadas : impo-
niéndose por la singularidad escueta de su presencia : invulnerable tras baño lustral en aguas estigias : envuelta sutilmente
en grácil aureola semántica : abrirse paso por el laberinto con
un cirio pascual en la mano : fantasma aparición imagen sagrada : precedida, flanqueada, seguida de su prolífica corte
de milagros : ratas, ratones, ratoncillos convocados en torno
a la móvil burbuja de luz : irresistiblemente atraídos por tu
belleza sonámbula : parodiar sin querer las expresiones y ademanes de la omnímoda titular del Secretariado en sus breves
y caprichosas levitaciones ante pastorcillos de zonas monta-
ñosas y rústicas, insuficientemente escolarizadas : esas poses
seráficas, recién salida de la peluquería y con el nimbo-dia-
dema Cartier cuidadosamente ajustado, antes de recaer en sus
habituales crisis de histeria y agresividad, exigir nuevos actos
de hiperdulía, dejarse adular por favoritos y sicofantes : Ma-
donna al fin, reina y señora de las cloacas : magnetizada por
tu fiero imán, orgullosamente cautiva de tu plenitud soberana
: la vara florida te guía, vuestras valencias se unirán, brotará
jubiloso el arco voltaico : la soledad propiciará nuestro idilio,
ratones heráldicos serán vuestros testigos, obsequiosamente la
introducirán a los rigores del tálamo : sé que estás ansioso
como yo : me recuerdas como me viste la primera vez, en una
perdida guarnición del Magreb, hace ya muchísimos años :

151

era entonces bonita e ignara, vagaba por el mundo sin dirección ni ideal, pero lo que he perdido en inocencia y frescor lo he compensado en tu ausencia con una diabólica habilidad de anciana : tus mieles gustosas me reconfortarán, restaurarán mi juventud perdida como el plasma de esas incautas doncellas que el sabio investigador inyectaba a su infeliz castellana : ah, comme elle est jeune! : patiente un peu, chéri, je vais lui tirer tout son sang! : qué película tan excitante! : la vimos en un cine de barrio, no sé si en Uxda o en Orán, estábamos en la última fila de butacas y tú, no más sentarte, te desabotonaste el pantalón, le enseñaste el mandoble, le obligaste a palparlo, quería que lo metiese entero en mi boca, imposible, se ahogaba, no era aún experta tragasables, no había practicado técnicas de respiración, no sabía relajar convenientemente los músculos de la garganta, te enfadaste conmigo, habías puesto un periódico encima de mi cabeza para que no nos vieran y comía pipas de girasol tan tranquilo, dejando que ella echara los bofes, te atragantaras, me creyese varias veces a pique de asfixiarme, pero te saliste con la tuya bribón, fecundaste generosamente mis fauces, y cuando retiró el periódico y quedó suelta, ella tenía los ojos llorosos, moqueaba, y era feliz te lo juro, en mi vida había visto nada semejante, y decidiste aprender, doctorarte, trabajar tus cuerdas vocales como una vicetiple enloquecida, someterte a una severa disciplina en materia de gárgaras, nos habíamos dado cita el sábado siguiente y pasé la semana haciendo yoga, tu suero me había fortalecido, era su baño de Sigfrido, acudió al cine enfervorizada, querías mostrarle tus progresos, tus nuevas y asombrosas facultades, y tú no viniste cabrón, aguardé, aguardó toda la tarde llena de horribles presentimientos, fuiste al cuartel, pregunté por ti, nadie supo darle razón de su paradero, intentaste todavía otras veces, iba al cine Mabruka

como al altar votivo de una catedral, te habías desvanecido
de verdad, era como si todo hubiera sido un sueño

reconocer, con grato sentimiento de alivio, los sencillos, entrañables objetos de tus aposentos : instalarte entre ellos, acunado por el rumor discreto del riachuelo que mana apacible
por el encachado : acariciar pausadamente su propiedad semoviente : proceder al reparto equitativo de bienes y captar
la actividad de los incisivos con morosa delectación : acomodado en la tibia hospitalidad del lecho, rodeado de sus atenciones y halagos, dejándoles correr libremente por el cuerpo,
husmear a su antojo miembros y extremidades : pies, cabeza,
manos, natural prominencia de un órgano motivo involuntario de pánico, envidia, estupefacción : nocturno, lucífugo,
claustrófilo, criptopático : feliz cuarenta palmos bajo tierra,
tras años y años de aprendizaje de hurón : separado de los
obreros gaurís desde el ingreso mismo en la empresa minera :
excluido a priori de todo contacto con el exterior : depósitos,
escorial, lavaderos, ventiladores para ellos : toi viens ici, le bi-
cot! : tu as la chance de ne pas te salir, tu es encore plus noir
que le charbon! : bajar al fondo del pozo en la jaula de extracción, reunirte con los demás compañeros de pena en las
galerías : ensordecidos por el ruido de las vagonetas, la acción de las máquinas rebajadoras, el martilleo frenético de los
entibos : armado con casco, pico, linterna, perforadora de
aire comprimido, tosco e inútil dispositivo de alarma : igno-
rantes de que nadie puede conjurar el destino, de que la hora
final ha sido promulgada de antemano! : embocarte por un
agujero, gatear, trabajar encogido, envidiar la destreza y habilidad de las especies subterráneas : me engañé, te engaña-

ron : era éste el paraíso descrito en los centros de enganche, el trabajo libre y remunerador en el núcleo irradiante de la cultura? : extraer agazapado varios quintales métricos de carbón, con el polvo y escorias tenazmente adheridos a la piel a pesar de la esponja, el jabón, el choque purificador de la ducha? : pas la peine de frotter ta gueule de bougnoul, tu demeureras toujours aussi sale! : de una mina a otra, sepultado perpetuo : hormiga, gusano, mamífero excavador : sin el recurso de la mísera evasión dominguera como los demás metecos : sembrando invariablemente a su paso desprecio y conmiseración : has visto mamá? : Dios mío, no mires! : no es posible! : nena, no ves que molestas a este señor? : quieres dejar de papar moscas como una idiota? : qué tiene en la cara? : chist, canda el pico! : camina como un autómata! : crees que está loco? : no hables tan fuerte, a lo mejor se mete contigo! : escena repetida en cuanto emerges a la luz, actor involuntario de un filme de espanto : obligar a apartarse a quienes vienen en sentido contrario, me observan pasmados cuando se cruzan conmigo y vuelven la cabeza con la aversión e inquietud pintadas en su figura : proseguir la marcha sin verlos, pero sabiendo que te miran : una sensación de escozor que recorre mi espalda y parece agolparse de pronto en la nuca : buscar ansiosamente el anonimato, refugiarse en un cine, concluir por añorar la sedativa oscuridad de la mina : escurrir por el agujero con la linterna y útiles de trabajo, y una vez fuera de alcance del capataz, gloriosamente libre de órdenes y consejos, improvisar un lecho en la ratonera, apagar la luz, descansar, evadirte, soñar tranquilo con los ojos abiertos : horas de dicha sumido en la negrura de la tierra, indiferente al ajetreo lejano de las máquinas en la galería : lamentando tan sólo, de modo retrospectivo, que inteligentes y afables roedores, para hacerse perdonar quizá su golosa afición al cartílago del pabellón auditivo, no acudieran puntualmente como ahora a hacerle compañía : dunas, palmeras, ganado trashumante la muchachita con ojos de gacela con la que un día deberás casarte : canto, música, invitaciones, regalos, tres días encerrado en la jaima con la doncella, pañuelo embebido en sangre de la desfloración, yuyús exultantes del mujerío, amarla, amaros sin tregua mientras dure la fiesta : uach ka-idurrek bissaf? : y ella, la chiquilla : la, ghir chi chuya, rtaḥ ḥdaya, bghit nnaas maák, ana ferḥana! : hasta que el tirón de la cuerda me sacude, te substrae brutalmente al edén, le fuerza a salir de su sabrosa modorra : eh, qué coño haces adentro? : has venido acá a dormir la siesta o a trabajar como Dios manda? : y yo : no patrón, estoy apilando el material en una esquina, es una piedra muy jodida, hay que excavar todavía con el pico para poder usar la perforadora : someterse en apariencia, imitar el pulido discurso del esclavo modelo, fingir la identificación de los propios deseos con los intereses remotos de la eurosuciedad : y pasado el aguacero, alejado el capataz, acostarse de nuevo, buscar la dicha a oscuras, volver a disfrutar : relajar, distender, estimular el cuerpo núbil de la muchachita, aliviar sus temores en cuanto al tamaño del miembro, mantenerlo escondido para que no se asuste, ungir con esmero su bien depilado pubis, verter aceite en el lindo orificio de su vagina, lubrificar discretamente el propio instrumento : tenderte vestido junto a ella, introducir poco a poco la punta en la hendidura entreabierta, borrar sus gestos y expresiones de angustia con besos voraces, sorber con amor infinito sus lágrimas salinas, presionar cautamente como médico que opera sin anestesia, profundizar, ensanchar, metérsela cada vez más adentro : eh, tú, el Orejas, aún sigues dormido? : justamente se me apagó la lámpara patrón, estaba buscando la pila de repuesto : liando en realidad con dedos

expertos el aromático cigarrillo de hierba que suele amenizar
sus veladas : presto a gozar a fondo, sin ninguna reserva, de
los modestos pero amables placeres que le ofrenda la vida :
objeto de la obsequiosa celebración de los múridos convocados en torno a la erección carismática : mimos, lisonjas, caricias prodigados con diligente porfía por diminuta y rugosa alfombrilla lingual : mecido por el recoleto murmullo de las
aguas, caldeado con efluvios de servicial sistema de cañerías,
saboreando mi propia e inalienable parcela de felicidad : contemplar en medio del éxtasis de sus toqueteos la luminosa
burbuja que avanza en silencio por la galería : sutil, in-
grávida, fantasmal, radiante, exquisita : silueta púdicamente
vestida, envuelta en tules como una desposada : recipiendaria
del homenaje de docenas de ratones que escoltan su periplo al
borde del agua y parecen besarle los zapatos de raso como si
le rindieran natural pleitesía : toda la luz y hermosura del
mundo cifradas en un rostro que adivina blanco y suave, humildemente recatado por las gasas del velo : un cuerpo de
muchacha esbelto y ágil, cintura fina, caderas redondas, pechos vernales, manos delicadas, pies deliciosamente pequeños
: cada vez más cerca de ti, con el cirio pascual en la mano,
como si fuera a visitar a Mulay Brahim, implorarle la gracia
de un marido rico y apuesto, dotado de cordura de juicio,
bondad de corazón, generosidad y nobleza de sentimientos :
soberana de una abundante corte ratonil, majestuosa y ex-
tática como una aparición, devorándote ansiosamente con los
ojos antes de postrarse a tus pies como reina consorte en el
acto de la coronación, penetrada de la grandeza y solemnidad
del momento

acércate amor, déjame verte, tu presencia deslumbra, sigues joven y fuerte, el Señor te protege, no cambias, no has cambiado, aproxímate, he sufrido sin ti, de día y de noche desesperadamente te he buscado, arrímate aún, permite que te tiente, adivino que empalmas, tienes el cetro tieso, tu cayado nudoso de peregrino, mi recio bastón de mando, quiero moldearlo y pulirlo, curar de una vez mi fiebre, llevar su miel gustosa a los labios, ven, híncalo, clávame el aguijón, mete violentamente tu mango, amémonos como posesos, la oscuridad es nuestra mansión, apaga la luz que me ha guiado hacia ti, la noche, la soledad, los ratones nos bastan, modesta soy, no quiero que me veas, tu tronco es soberbio, lo asumiré hasta el fin, quiero que ejerza sus prerrogativas en el fondo de mi garganta, me quitaré el velo, el tocado de tul, la peluca, mi ejercicio exige disciplina, comodidad y holgura, hondos poderes de concentración, un atributo como el tuyo no está al alcance de cualquiera, ninguna novicia podría con él, fallaría en seguida, abandonaría a mitad de la prueba, te arañaría con incisivos y caninos, se ahogaría, resoplaría como ballena acosada, la dentadura estorba y yo puedo ponerla y sacarla a voluntad, depositarla en su estuche, actuar sin obstáculos, benévolamente asistida por las lengüecitas de los roedores, emulando con ellos a hacerte cosquillas y erigir tu rigor tumular hasta la apoteosis, beata, confiada, dichosa, suspensa de emoción, arrebatada de gloria acometer al fin la insigne proeza, escamotear paulatinamente tu emblema, incorporar tu increíble garrocha, así mi amor, no te muevas, no hagas caso de las luces y el ruido, serán alcantarilleros o mendigos, habrán venido a cazar ratones, a inspeccionar el estado de las cloacas, tus veintiséis centímetros dentro de mí, es como si mi organismo se hubiera potenciado, no viertas tu licor, resiste unos segundos, quiero saborearlo, rejuvenecer, ser como la amada de Drácula o el pobre doctor Frankenstein, la película que vimos en París en un sórdido y chabacano cine de barrio, recuerdas habibi?, bajamos al sótano y te encerraste conmigo en el lavabo, cinco minutos gozando como ahora mientras las demás suspiraban fuera, exasperadas, frenéticas, literalmente ojerosas de envidia, yo estaba agotada pero tú insistías en recomenzar, un bárbaro, no desarmabas, poseído de inexplicables prisas aunque las otras cuchicheaban tras la puerta, nos espiaban por un agujero, gritaban que venía la policía y yo me sentía orgullosa del don que recaía sobre mí, daba gracias al cielo, pedía al destino que no nos separara, me acuerdo de que al terminar frotaste tu tizona contra la pared, no había agua ni papel, saliste antes que yo, afrontaste el coro de parcas, pensaba encontrarte en la sala pero no di contigo, te habías escabullido fuera, me dejaste plantada, no te hagas ahora el desentendido porque sé que eras tú, un arma como la tuya no se olvida, sigue pendiente en la panoplia del recuerdo, preserva con los años sus poderes chamánicos, tu jarabe es espléndido, bendigo al médico que lo recetó, lo apuro, rebaño la cuchara, vuelvo a la época del racionamiento, tus pobres ratones se quedarán con las ganas, lo ves tunante?, tampoco desempalmas, sigue obstinadamente tieso, para él, para ti me voy a quitar la ropa, el modelo Etincelle de Pronuptia, la falda con cola de volantes, el decolleté anticonvencional, los falsos sostenes de goma, deseo utilizarlo de asiento, trabajar con codos y rodillas, no hay niña más flexible y elástica que yo, lo que se pierde en juventud se gana en savoir faire a fuerza de voluntad y empeño, ninguna novata podría competir conmigo, soy un pozo de ciencia, una araña tentacular, laboriosa, despatarrada, permanece como estás, olvídate de los que curiosean, están celosos de nosotros, les aburre la papilla casera, jamás jamás conocerán la dulzura de esta melaza, otra

vez la has metido hasta la empuñadura, ach hada, d-dem?, no
sé lo que es el dem mi amor, pero es como si me hubieras des-
florado a mis años, ando un poco descompuesta de vientre,
un hilo colítico que escurre, lo voy a limpiar con un klínex,
tengo siempre un paquete a mano, lo ves?, ya está, déjame
echarlo, no?, ¿quieres que te lo dé?, deseas conservarlo?,
bueno pues te lo quedas!, vaya capricho extraño, ah ya sé, no
hace falta que me lo digas, asistí a una boda en el bled, es
como si nos hubiéramos casado, lo mostrarás algún día a la
familia, toda la tribu se congratulará, sabrán que me has tomado mocita!

bruscamente, encendieron los focos
oleadas de luz cruda proyectada desde distintos encuadres,
agitación y gritos de camarógrafos, órdenes guturales, discurso enfático de una pareja de reporteros que, micrófono en
mano, avanzan sonrientes hacia vosotros : señoras, señores,
telespectadores, radioescuchas el equipo formado por Joe
Brown y Ben Hughes de PB News o algo por el estilo : mientras ella, aterrada, abandona su postura kamasútrica, intenta
cubrir su desnudez devastada, Dios mío, la peluca, el velo, la
robe Etincelle, los sostenes de goma, mi toca de recién ca-
sada! : esta exclusiva de PB News, Viaje al Centro de la Tierra, En las Entrañas de Nuestra Ciudad se complace en pre-
sentarles a ustedes una extraordinaria pareja que ha buscado
la dicha lejos del tráfago y frenesí de la vida diaria, una pareja original que ha establecido su hogar, como centenares de
miles de ratones, en el reino de la noche perpetua! : ajustar
apresuradamente los pechos sin poder evitar que las convexidades apunten estrábicas en la espalda, ponerse la peluca al

revés, subirse las bragas, revestir aprisa y corriendo el crepé
polyester, coger el bolso de piel, olvidar con los apuros la
prótesis dentaria : el negro permanece inmóvil, contempla la
agitación sin inmutarse, parece flotar en un estado de acol-
chada modorra : su as de bastos mantiene la posición rígida-
mente erecta, su mano sombría sostiene con peregrina delicadeza lo que aparenta ser un vulgar y corriente klínex y apenas
parpadeas cuando el locutor exclama my goodness y te planta
su juguete delante de la boca : how do you feel, sir? : una
breve declaración para nuestros espectadores y radioyentes? :
pero silencio, silencio, mirada vacía, ausencia angustiosa de
orejas, sexo pulsante, parado como un reto, y de pronto, zas,
la dentellada, el mordisco, empieza a devorar enérgicamente
el micro, hey man, are you crazy?, consternación, forcejeo,
chillidos, aprovechar la confusión para huir, desaparecer,
tambaleante, como deslumbrada mariposa nocturna, sin cirio
pascual, toca, zapatos, dentadura, anciana súbitamente car-
gada de años, gibosa a causa de la anormal posición de las te-
tas, eh señora, señorita, no se vaya, nuestros telespectadores y
radioescuchas la esperan, unas simples palabras de saludo, la
ciudad tiene los ojos fijos en usted, no defraude al público que
la contempla y admira, es su oportunidad de darse a conocer,
piense en los millones de espectadores, sea amistosa con ellos,
sonría, cuando menos sonría

HIPÓTESIS SOBRE UN AVERNÍCOLA

Todos, todos a la catedral del saber!

aprovechemos la oportunidad que se nos brinda de interrogar a la Ciencia!

acudamos a beber en las fuentes de la humana sabiduría!

agrupémonos en la penumbra basilical que propicia su desprendida vocación materna!

investigadores

sociólogos

ejecutivos

estudiantes

simples curiosos

excitadas madres de familia!

con la aguda comezón, cosquilleo impaciente de quien asiste a la première de un gran espectáculo, componiéndose apresuradamente la cara, rectificando la sombreada medialuna del rímmel, cerciorándose de la sanguina perfección del nuevo lápiz de labios

apresúrate cariño, llegaremos tarde, va a haber un llenazo, todo el mundo irá allí, el paraninfo resultará insuficiente, es la noticia del día!

y desde paradas de autobuses, autocares especialmente fletados, largos, interminables automóviles con silenciosa, fluvial, inquietante apariencia de cocodrilos la afanosa muchedumbre se despliega alrededor del monumental edificio, se agolpa en sus entradas laterales, sube las gradas de las escaleras, penetra en su interior, discurre bajo las bóvedas neogóticas, toma al asalto los últimos asientos libres del anfiteatro en cuyo estrado, valiéndose de la momentánea ausencia de las autorida-

163

des académicas, reporteros, fotógrafos, aficionados, alumnos
de la escuela de periodismo acribillan con flashes y preguntas
al cuerpo del delito

fantasma, espectro, monstruo del más acá venido? : intrusión
perturbadora en todo caso : onírica aparición : insolente, brutal desafío

absorto en el envés de su propio cuadro : pies sombríos, descalzos, insensibles a la dureza de la estación : pantalones harapientos, de urdimbre gastada e improvisados tragaluces a la
altura de las· rodillas : abrigo de espantapájaros con solapas alzadas sobre una doble ausencia

mientras la centralilla telefónica del alma mater se ve literalmente inundada de llamadas locales e interurbanas, solicitudes de información, ofertas de contrato, proposiciones de gira
teatral, uso exclusivo de imagen en filmes publicitarios, edición de Memorias en fabulosas tiradas de bolsillo

consultas privadas también, petición de autógrafos, retratos
dedicados, intercambio epistolar, propuestas de amistad, matrimonio posible

mido cinco pies y tres pulgadas, mi peso es doscientas cinco
libras, tengo ojos azules, cabello claro, soy de religión ca-
tólica, ascendencia lituana, Piscis, soltera, sin familia, muy in-
teresada en su curriculum, gustos, proyectos, ocupaciones, ex-
periencias, desearía recibir su foto y mandaría eventualmente
la mía

preguntas sin respuesta, hipótesis o comentarios en voz baja
del gentío que atesta la sala y comienza a manifestar su impaciencia en espera del panel de sabios y especialistas, la opinión autorizada, el dictamen, la conclusión promulgada con
fuerza de ley, la justa e inapelable sentencia

de dónde procede?

qué idioma habla?

cómo ha llegado hasta aquí?
cuánto tiempo lleva en las catacumbas?
por qué ha elegido vivir entre ratas?
abucheando, lanzando silbidos, prorrumpiendo al fin en
aplausos porque los cerebros pensantes han hecho su demo-
rada aparición : serios, graves, solemnes, con empaque de jue-
ces, se han encaramado al estrado y ocupan sus correspondientes asientos en la mesa semicircular, a la izquierda del sillón donde el fenómeno permanece con aire ausente, abs-
traído en la contemplación de un arrugado klínex, hace gestos
incoherentes, amenaza al respetable con el puño
silencio, van a hablar, el presidente agita la campanilla, saca
unas hojas de papel del bolsillo de la chaqueta, carraspea ante
el micro, bebe un sorbo de agua, anuncia la apertura de la sesión, presenta brevemente a cada uno de sus colegas, se
sienta, he dicho, concede el turno de la palabra

etnológicamente hablando, el caso es muy simple, se trata de
un sujeto perteneciente a la tribu de los linghas, originaria del
Níger y hoy dispersa en diferentes Estados de la zona sursa-
hariana, su cráneo, la disposición de los huesos, la robustez y
longura de las extremidades coinciden exactamente con las de
este pueblo singular al que he consagrado mi tesis doctoral,
media docena de libros traducidos a varios idiomas, un docu-
mental patrocinado por la Escuela Nacional de Antropología
y centenares de artículos y reseñas en diferentes revistas espe-
cializadas, mi primera intuición, al visionar el programa de
PB News, se vio corroborada con el hecho de que carecía de
orejas, es decir, se las había cortado obedeciendo a una práctica muy común entre los suyos, basta que contemplen unos

fragmentos de mi largometraje, rodados durante una ceremonia de iniciación sagrada y comprobarán que dicho tipo de amputaciones es frecuentísimo, observen por ejemplo el grupo de bailarines, el jefe, sus ayudantes, el mago situado a la izquierda, el que luce el collar de semillas han sido desnarigados, ello es señal de nobleza, las automutilaciones se ejecutan en público, bajo los efectos de la droga e incluso los niños asisten al espectáculo, he aquí precisamente los planos que filmé de una de ellas, aconsejo a los espíritus sensibles que no miren, el candidato, reparen en sus ojos desorbitados, figura convulsa, boca espumajosa, esgrime el cuchillo con el que va a seccionar, fíjense bien, su oreja derecha, trac, ya está, de un solo tajo, sin la menor anestesia, acción aparentemente indolora pues, como podrán ver, aun chorreando sangre continúa danzando a un ritmo endiablado, creo que estas imágenes son concluyentes, capaces de convencer a los más escépticos, a mayor abundamiento de pruebas señalaré que los varones de dicha etnia se caracterizan, como es el caso del prójimo que tienen delante, por el tamaño gigantesco, realmente desproporcionado del miembro!

voces : cómo se explica su llegada a nuestra ciudad?, puede comunicarse usted con él en su lengua?

no, les confieso humildemente que no he podido, el individuo se expresa tan sólo por medio de onomatopeyas y gruñidos, alejado de los suyos por razones que ignoro y no me corresponde aclarar en cuanto escapan al esquema investigador de la ciencia, ha olvidado probablemente su idioma durante los años que ha vivido aislado, sin ningún tipo de contacto humano, en un mundo de reclusión y tiniebla

yo opino, por el contrario, sin pretender invalidar con ello las conclusiones brillantes de mi colega, que la cuestión de su estancia entre nosotros, bajo el asfalto de la ciudad en que habitamos es absolutamente fundamental ya que si descartamos la hipótesis improbable de que alguna rama de su tribu hubiera emigrado a nuestro continente (cómo?, cuándo?, con qué medios?) o que el sujeto en cuestión hubiese cruzado el Atlántico a nado (risas) no tenemos más remedio que recurrir al método deductivo, esto es, partir de los escasísimos elementos de que disponemos para remontarnos a los problemas esenciales que se plantean y despejar así la incógnita que su presencia inexplicable suscita

perdón, yo creo que el salto inductivo sería más esclarecedor!

tal vez ello sea válido en la esfera de su competencia lingüística, pero no desde luego en el campo de la sociología!

una voz : la aplicación del cálculo de probabilidades no podría ser útil?

sí, a condición, claro está, de que los factores con que contamos sean fehacientes, es el mismo obstáculo con que tropiezan los ordenadores, su trabajo será perfecto siempre y cuando los datos y cifras que se les suministre resulten fidedignos, en otras palabras, las operaciones pueden ser a la vez impecables y erróneas en la medida en que se fundan en bases inciertas

creo que nos estamos alejando del tema central del debate, que es, o debería ser, me figuro, el individuo mismo, pues si el enigma de sus orígenes, las circunstancias oscuras en que llegó a nuestras cloacas intrigan comprensiblemente al público aquí reunido, dichas cuestiones, difíciles de solventar por otra parte, me parecen relativamente secundarias en lo que concierne a la ejemplaridad simbólica que el sujeto encarna, es una manera de andarse por las ramas en vez de descifrar la significación profunda del único hecho cierto que podamos atribuirle, me refiero a su decisión de vivir en las catacumbas, completamente a solas, acunado con los rumores sordos del vientre de la ciudad que, como el del ser humano, rechaza los productos inasimilables expulsándolos por conductos y acometidas hasta la alcantarilla anal donde fue encontrado, éste es el factor clave de la historia, y sin necesidad de agobiarles inútilmente con copia de citas o teorías apabullantes, atraeré su atención sobre el alcance emblemático del gesto, huir, en primer lugar, del mundo para cobijarse en la intimidad acogedora, benigna, nutricia del claustro materno, rechazar en segundo término la imagen alienadora de sí mismo que le devuelve el prójimo como odiosa vitrina en la que se ve reflejado superando con ayuda de la oscuridad el trauma infantil del espejo, reeducar en fin el oído, tras haberse despojado real y simbólicamente de las orejas abiertas al ruido, agitación, agresiones del mundo exterior, acomodándolo al eco amortiguado, sedativo, balsámico de la fase uterina, volver, para resumir y poner remate a mi discurso, a su añorada condición de feto!

voz: la interpretación es seductora, pero no se apoya en elementos reales, sólo el tratamiento sicoanalítico del sujeto podría aclararnos estos extremos!

estoy enteramente de acuerdo con la observación que acabamos de oír, desde que se inició el debate no hemos escuchado más que suposiciones, conjeturas indemostrables, teorías apresuradas y a menudo gratuitas, para evitar en adelante tales escollos y no incurrir en la vaguedad y confusión de que adolece este tipo de simposios, yo propongo que abandonemos presunciones y símbolos en favor de un enfoque sin duda árido, pedestre, poco atractivo, pero más adecuado al propósito esclarecedor, estrictamente científico que nos guía

mi estimado colega me perdonará si le recuerdo que en la base de la ciencia, de cada uno de sus avances y descubrimientos, la visión creadora, la facultad imaginativa del genio desempeña un papel primordial!

desde luego, y lamento haberme expresado mal o que mis palabras no hayan sido entendidas, mi propósito era indicarles que a fin de paliar la falta de apoyos sólidos sobre los que reconstruir el pasado del individuo y presumir su lenguaje, fuéramos más modestos y nos contentáramos con lo que tenemos, indumentaria, movimientos, ademanes, muecas, gruñidos, esto es, practicásemos una rigurosa lectura semiológica de los mismos, y sin ninguna concesión a la diacronía, procuráramos extraer poco a poco el código comunicacional, la subyacente estructura significativa

mi buen amigo parece concebir los factores diacrónicos y sincrónicos en total e irreductible exclusión siendo así que en las propias capillas que él tanto admira y en cuyas fuentes ansiosamente bebe, aunque con frecuencia se olvide de citarlas, comienza a perfilarse una teoría según la cual su dinámica operacional se manifestaría en realidad en términos de complementariedad, convergencia!

lo sé perfectamente, pero se trata, como usted mismo admite, de una mera teoría, una hipótesis de trabajo cuya efectividad está todavía por demostrar

voz : la informática no tendría algo que ver con lo que ustedes discuten?

sí, claro que sí, es mi especialidad, y me asombra por cierto que ninguno de mis honorables colegas aquí presentes haya hecho hasta ahora la menor alusión a ella, el contenido informativo de una unidad comunicacional se halla en razón inversa, como ustedes saben, al de su índice de probabilidad, es decir, cuanto mayor sea el grado de improbabilidad de aquella mayor será su riqueza informativa, de lo que puede deducirse fácilmente que la aparición de un individuo de las peculiaridades y circunstancias del que es objeto de este simposio constituye un acontecimiento tremendo desde el punto de vista de la informática, y a fin de esclarecer sus ideas al respecto me permitiré leerles un breve opúsculo que, con una benévola y un tanto halagadora introducción de mi admirado maestro de la universidad de (sus palabras son ahogadas por la protesta furiosa del público)

voces : autobombo!, se le murió la abuela!, esta discusión no aporta nada!, déjense de teorías y háblennos del troglodita!

presidente : silencio, por favor, si todos quieren hablar al mismo tiempo no habrá manera de entenderse!

desearía tan sólo acabar mi intervención con una referencia a las tesis magistrales de

gritos : no, no!

bueno, me callo, si la libertad se confunde con el alboroto y vocerío, allá se las compongan ustedes mismos!

lamento discrepar públicamente de mi querido colega y verme obligado a recordarle que la libertad formal puede y debe convertirse en abucheo toda vez que el pueblo comprende que se le da gato por liebre, que el problema real, acuciante, dramático que ha venido a discutir sirve de pretexto a un debate bizantino de media docena de mandarines encastillados en sus privilegios académicos, enteramente ajenos e insensibles a las aspiraciones y necesidades profundas de las masas, unos especialistas que ignoran de modo olímpico cuanto no atañe al campo minúsculo de su especialidad, empeñados en la inútil tarea de decorar las paredes de un barco que hace aguas por todas partes y se halla irrevocablemente condenado a hundirse!

voz : bravo, muy bien dicho!

el tema que se ventila en este simposio, y excúsenme ustedes mi brutal franqueza, es pura y simplemente el de la injusticia flagrante del sistema economicosocial en que vivimos, su utilización despiadada de los mecanismos opresivos de que dispone para destruir al ser humano y hacer de él un guiñapo, su saqueo organizado de las riquezas y bienes de la tierra, apropiación rapaz de la plusvalía del obrero y del empleado, concepción elitista de la cultura destinada a vedar el acceso del pueblo a los centros educativos y mantenerlo deliberadamente en la ignorancia, el embrutecimiento en que sume a los individuos y les obliga, como es el caso del infeliz que tienen delante, a marginarse de un engranaje de producción infame, volver la espalda a su mentirosa y criminal propaganda, buscar refugio en una prehistoria menos cruel y opresiva, ya que, abandonado a sus propias fuerzas, no ha podido forjarse por sí sólo una conciencia clara de su situación, una herramienta intelectual de defensa contra la enajenación de que es víctima y percibir el rayo de esperanza de una sociedad nueva, sin explotadores ni explotados que, con brillo meridiano, penetra, empieza a iluminar ya nuestro vetusto y ruinoso edificio! (numerosos murmullos de desaprobación)

voz : cíñase al tema, y déjese de discursos!

las protestas de los lacayos del sistema no acallarán mi voz, mi orgullosa referencia a este faro radiante que constituye la única esperanza de salvación de la humanidad, amenazada de muerte con las zarpadas de la fiera que agoniza y esgrime como supremo argumento de intimidación el chantaje del arma nuclear, la perspectiva de un atroz cataclismo!

voces : basta!, cállese usted!, nos sabemos el rollo de memoria!

pues lo encajarán una vez más porque al progreso no hay quién lo pare y en la República Popular de (el tumulto impide oír sus palabras) un espectáculo como el del desdichado que

ahora contemplamos sería absolutamente inconcebible, allí la
explotación ha sido abolida de una vez para siempre, el prole-
tariado ha accedido al poder, todos los individuos disfrutan
de igualdad de oportunidades, el pueblo controla los progra-
mas educativos y ha tomado al asalto los últimos reductos de
la cultura anterior moribunda!

voces : que cierre el pico!

allí (el tole le interrumpe de nuevo) las masas han asumido la
dirección de su propio destino y en lugar de vegetar en la miseria física e intelectual que conocemos, leen ávidamente los
clásicos de nuestra doctrina, se embeben en el estudio colec-
tivo de las Obras de este Líder inmenso, cuya increíble popu-
laridad se revela en la cita constante que de él y su pensa-
miento se hace en charlas, mitines, discursos, conversaciones
privadas, en el despliegue infinito de retratos que cuelgan
amorosamente en el hogar de todos los ciudadanos, en la espontaneidad y fervor con que la juventud, agradecida, emula
en componer dibujos y redactar poemas en su honor, consciente de su gigantesca aportación al avance histórico, al desarrollo de la personalidad humana, al legado imperecedero
de la humanidad!

varios miembros del panel : esto es inadmisible!

voz estentórea : lárguese usted a vivir a su República si tanto
le gusta!

gritos : eso, eso, que se vaya!!

presidente : señores, un poco de calma!

pero nadie le escucha : los asistentes expresan su descontento
golpeando furiosamente en los pupitres : algunos se yerguen,
trepan a los asientos, apuntan a los panelistas con índice acu-

sador : los ponentes discuten entre sí, pretenden reanudar el
hilo de anteriores discursos, invocan el rigor y exactitud de la
ciencia, se escudan con la figura intocable de algún consagrado, citan agresivamente sus dichos como arma arrojadiza,
se culpan unos a otros de sectarismo, improvisación, estrellato
: cuando el grupo de viajeros de Sahara Tours penetra discretamente en la sala el vocerío es ensordecedor : el cicerone intenta traducirles las explicaciones del folleto publicitario re-
dactado por la Oficina de Turismo, pero se ve obligado a renunciar a su instrucción pese al moderno, aislante, ultrasensi-
ble equipo de audífonos de que se hallan dotados : amedrentados, confusos, se agrupan junto a él, sin separarse un instante, a causa de la abundancia de rateros y general inseguri-
dad de los hoteles indígenas, de los paquetes y bártulos que
primorosamente envuelven sus heteróclitas propiedades muebles : cajitas de metal con bienes raíces, barajas gastadas,
láminas de anatomía en color, tratados de artes galantes y recetas afrodisíacas, coranes, ensalmos, antiquísimos libros de
oración
todos están allí
el simple de espíritu que acaricia las cuerdas de su rabel, amorosacunándolo como una nodriza
la mujer velada echadora de suertes
el milagrero encorvado, con su tiza para diseñar graffiti
el muchacho acróbata vestido con chaquetilla y bombachos
de colores brillantes
los bailarines gnauas, de blusa y calzones inmaculados, piernas tersas, sombrías, de escueta y elemental desnudez
el gigante del cráneo robusto perfectamente rasurado, nuca
abultada y maciza, espaldas anchas, piel cobriza, labios gruesos, bigote mongol que escurre por la barbilla, dientes enfundados en oro

173

el mimo viejo tocado con la peluca rubia
los dos payasos con orejas de burro y rudimentario disfraz
los flautistas nervudos, de tez oscura y mostacho recio acompañados del zámil de prendas femeninas, tenue velo de gasa, cinturón recamado
el colector de saurios hierático como un macho cabrío
el escriba con pluma, tintero y arrugado pergamino
los mercaderes
alfaquís
artesanos
mancebos de botica
estudiantes coránicos
visiblemente ajenos al significado del espectáculo que contemplan, la proliferación de discursos y gritos, las plataformas opuestas en que los panelistas permanecen aupados hasta que alguno repara en la umbría, taciturna presencia ferozmente agazapada en el sillón, todavía evadida en la hermética contemplación de un arrugado klínex
con cautela, sin dar crédito a lo que pudiera resultar un nuevo trampantojo de los sentidos, la muestra a los vecinos, consulta con ellos, transmite el mensaje en voz baja
chuf, ma aareftih-ch?
chkun?
r-raxel gales aal ch-chil-lia!
faín ḥwa?
rah, rah ḥda t-tablá d-el-mualimín!
tbarak-allah, daba aad chuftú!
y en seguida : sí, tienes razón, es marrakchí, lo conozco de vista, trabajaba hace años en la tenería, quién lo habrá traído a estos lugares remotos?
incontinentes, dichosos, inquietos procuran llamar su atención con gestos, le invitan a venir con ellos, eh, colega, no te

acuerdas siquiera de tus paisanos?

el gigante del cráneo rasurado se introduce los dedos en la boca y emite un lancinante silbido que obra el repentino prodigio de acallar la confusión : todas las miradas convergen en él, incluso el cavernícola parece despertar de su arisca modorra : medio aletargado, observa al grupo risueño de turistas y, poco a poco, la tensión de sus rasgos se relaja, sus ojos recobran brillo y movilidad, sus labios gruesos, rígidos, como acartonados fuerzan una increíble sonrisa

bruscamente se levanta del sillón, abandona el estrado, sube a zancadas los peldaños del anfiteatro, cae en brazos del primer compatriota que le da la bienvenida, cuadruplica el ósculo de paz en sus rugosas mejillas, apenas puede contener la embriaguez de las lágrimas

los ahlan-wa-sahlan, fain kunti?, ach had el ghiba?, marhaba bik, s-salamu ali-kum resuenan melodiosamente en la sala

panelistas y espectadores asisten atónitos a esta jubilosa reunión de familia, y cuando el objeto del debate se eclipsa con los intrusos, el presidente anuncia melancólicamente la conclusión del simposio

COMO EL VIENTO EN LA RED

lleno de agujeros : el aire se cuela por todas partes, no hay
modo de cobijarse, el abandono es absoluto : planicie huér-
fana, vibración de arena, indigencia, hostilidad, desamparo,
remolinos de polvo, saña, encono obsesivos : no confiar siquiera en los ojos : invitación a zarpar, evadirse, arribar a
buen puerto : promesa falaz, entrega sin cesar diferida : trabazón de dunas, espacio ilimitado, muerte horizontal : ubres,
redondeces, verdor, plenitud mentida : augurio de dicha y
perdición real : subir zarandeado por el viento, echar raíces
en el suelo ingrato, resistir al entorno inhospitalario, alimentarse de aire como arbusto tenaz : andrajoso, descalzo, apris-
cado con el rebaño escuálido, vagar sonámbulo, ignorar la
existencia del mundo más allá del paisaje avariento : escasa
información sobre sí mismo y sobre los demás : jirones de frases, bruscos, prolongados silencios, miradas de desdén o conmiseración : saber que eres bastardo sin comprender aún lo
que ello significa : transparencia, hacen como si no existiera,
es feo, nadie me acaricia, la madre le destetó en seguida, ha
medrado salvaje, todos ríen de tus orejas : llevar a pacer el
hato por arroyos resecos, arrebujarse en la manta, tosco capa-
razón : al abrigo del sol y el frío, del polvo amarillo de las
tolvaneras : no hay nada detrás de lo que abarca la vista : ci-
clos solares, pleonasmo, monotonía, palabras y gestos repetidos hasta la saciedad : tentar a hurtadillas pezones de cabras,
mamar leche tibia, imaginar otro universo, grácil y acogedor
: descubrir un día que tu madre está enferma y desear secretamente que se muera : dueño al fin de mi propia miseria, escapar del cadáver con impulso cerval : caminar, caminar, sin
volver jamás la cabeza, nuevas tribus, nuevos pastos, buscar

179

asilo con los rebaños, mendigar, procurarse alimento : vive solo, dejémosle con el ganado, comerá con nosotros, sacará a pastar las ovejas : pláticas nocturnas, diariamente tejidas al calor del fuego : oírles hablar de mí como si hablaran de otro : nadie vela por él, madre muerta, es tonto, responde con gruñidos, siempre mis orejas : y el ansia de huir como cebo plantado delante de ti : apenas adoptado, apenas prófugo : bravío, montaraz, trashumante, itinerario errátil, imposible tenerlo : merodear, provocar ladridos, ser objeto de burlas, recibir cantazos : escuchar : parece un aborto : escuchar : ni el diablo lo llevaría con él al infierno : pero seguir, no hacer caso, obtener socorro de una limosna, cuenco de leche, mano caritativa, sonrisa tierna : sustraerse a la desnudez del desierto : acercarse por vez primera a un poblado y admirar la simetría impecable de las estrellas : constelaciones trazadas con tiralíneas que se agrandan conforme te aproximas : burbujas milagrosamente capsuladas : la luz eléctrica : permanecer largo tiempo embobado, sentirse inmensamente feliz, olvidar cuanto ha quedado atrás : pasado, cenizas, sueño : la imagen de tu propia fealdad : cuerpo desgarbado, extremidades zafias, rostro virolento : apandillarte con otros chicuelos, ser rata de zoco, lustrar botas, cumplir mandados, vivir a salto de mata, dormir al sereno : iniciarte en los arcanos de su juego nocturno : oírles desertar de los petates con mjaznís o áscaris, tercería lunar, complicidad furtiva, sigilo de sombras, cementerio cónnive : espiar sus caricias, susurros, penetraciones, jadeos : armoniosa y brutal conjugación de cuerpos que rubrica el amargo aislamiento del tuyo : nadie quiere de mí : testa rapada, orejas de burro, orina como un mulo, cuelgacuelga enorme : caminar envuelto en mugre y harapos, arrostrar las miradas con indiferencia callosa, conocer el dictamen adverso sin la cruda acusación del espejo : acudir a la halca, rellenar

mi cabeza de historias, admirar al juglar de áurea, cente-
lleante sonrisa con talentos de bufón, de alfaquí y de poeta :
exhibiciones de fuerza, destreza, verba incomparable, recitación coránica : reír hasta las lágrimas sus anecdotarios salaces, onomatopeyas bruscas, ademanes obscenos : joven, airoso, vestido de una soberbia chilaba, no hay otro como él, le
basta plantarse, invocar la clemencia divina, cruzar pensativamente los brazos, usar del carisma de la palabra e imantar a
viejos y jóvenes, capturar su atención, mantenerlos quietos,
embelesados, suspensos, habitantes de un mundo limpio y
perfecto, nítido como una demostración algebraica : identifi-
carte con él, orgulloso de tu saber y elocuencia, la hiriente facilidad con que acumulas las monedas y pródigamente las di-
sipas en la embriaguez del encuentro amoroso o la euforia ligera del kif : saludos, besamanos, zalemas, sonrisas : todas
las muchachas me miran : dulzura, suavidad, olor de gineceo
: viajar como él de pueblo en pueblo, recitar el Corán de memoria, conquistar voluntades con la cálida entonación de tu
voz : adivinar bellezas ocultas tras recato de velos, ajustar citas de un simple pestañeo, noches frías y ardientes, sedas, pieles, alfombras, desmadre gozoso, ebriedad compartida, jacu-
latoria densa : juramentos olvidados al alba, plenitud desca-
balgada en tedio, huir con corazón ligero, hastío, esquivez,
pisadas de ladrón : más ferias, romerías, mercados, nuevas
conquistas, nuevos desengaños, fiel tan sólo a ti mismo, perpetuo embaucador : suelta imaginación, peligro, rabia, se
vuelve contra mí, embiste a dentelladas : ingravidez, modorra, sueño, hierba, solución, lo que sea : bacila a los diez años,
mi suerte está echada, si le socorren es peor : saber con certeza que no hay remedio : inexpugnable sino, procesión por
dentro, pobreza temor angostura invalidez fealdad : y no
obstante crecer, sentir la pesadez del miembro entre las pier-

nas, le cuelga como a un asno, enséñalo anda, deja que lo veamos, súbete los calzones, ninguna mujer querrá probarlo, te tendrás que juntar con una yegua : pescozones, mofas sangrientas, tirones de orejas, resignación animal : el halaiquí se ha ido, se acabó la fiesta, desarmaron las tiendas, quizá no volverá : ponerse a andar, abandonar el villorrio infame, seguir la caravana de los feriantes, alimentarse de nueces, errar por otros zocos, sin esperanza ya : guarniciones militares, confines desolados del yermo : rondar cuarteles de legionarios y espahís, prestar menudos servicios a los soldados, rebañar las perolas del rancho, comer las sobras, acopiar desechos : habituarme a mi condición de parásito, diestro en bazofia, licenciado en huesos : mundo enfermo, infestado de objetos ajenos, nada para mí, todo para ellos, lenta corrupción, simulacro de vida : polvo, arena, simún, ensablado por dentro, inútil limpiarme, tienes el alma sucia : subsistir, vegetar, de un regimiento a otro, rapaz al acecho de la carroña, calvicie, hediondez, bulimia vultúridas : amanecer, augurio de nuevas calamidades, caja de Pandora de mil imponderables, luminosidad engañosa : algunas sorpresas también, inopinadas infracciones a la rutina : presenciar un desfile marcial ante autoridades gloriosas : agitación, zafarrancho, limpieza, órdenes guturales, febril dispositivo de fiesta : programa teatral al aire libre con una vedette oriunda de la metrópoli : carromatos de intendencia, improvisados vestuarios : centinelas apostados a las puertas, mosconeo de soldados, miradas curiosas tras los visillos, cabellera rubia, risas, contoneos : estrado de tablas, decorado escueto, oropel, cortinaje, focos, público ansioso, mílites en cuclillas, aplausos, abucheos : marsellesca charanga, acordeón gangoso, nostalgia de terruño, funambulismo, prestidigitación, conjuntos folklóricos : entremeses, obligado proemio a la sonada aparición de la artista : plato fuerte de la

soirée : enigmática, sibilina figura que aguarda escondida su
espectacular lanzamiento : plumas, lentejuelas, zapatos de
raso, danza sexílocua : entusiasmo del respetable, bises, ova-
ciones triunfales, flores, reverencias de diva : manos sinuosas,
curvas promisorias, sugerente borneo, lenta oscilación púbica
: contemplar fascinado el punto de convergencia : huerto ve-
dado, triángulo negro, delicioso jardín : saber que no es para
mí y con todo quererlo, avizorar el carromato de intendencia
en el que se hospeda, espiar a la luz celestina de las estrellas,
verla escurrirse entre sombras con brevedad sutil : siluetas
furtivas, maniobra de espahis, pasos acolchados, dulzor de cementerio : asistir, alastrado, a los sucesivos acoplamientos :
gemidos, corrientes, inducciones, jadeos seguidos de brusco
silencio opaco : tiempo de incorporarse, ceder el sitio al com-
padre, producir el flujo voltaico, desconectar de nuevo :
aguardar a que el último jayán disfrute de ella, restriegue con
arena la ruda bayoneta, desaparezca a su vez, se eclipse entre
las tumbas : a solas los dos, permanece tendida, la escuchas
respirar, recupera poco a poco las fuerzas
merde, j'ai les reins brisés!
romper el hechizo, aproximarse a ella, vencer la debilidad de
las piernas, examinarla al fin : inclinada sobre el estuche de
enfermera que abrevia, indiscreto, la lista inconexa de sus tesoros : lápices de labios, cremas faciales, pintura de párpados,
frascos de perfume, maquillaje de fondo : algodón en rama,
un ostentoso tarro de vaselina, papel mentolado, un paquete
de vendas hidrófilas : hemisferios frontales de insinuada turgencia, pezones sugestivos y eréctiles, hondo regazo de turbadora disponibilidad : el velo transparenta la golosa fruición
de los labios, los ojos te alcanzan como disparos a quemarropa : cejas recargadas de rimmel, escueto lunar en el
pómulo, voz rauca y sensible, romántica interpretación de

Morocco

eh, toi, le gamin, qu'est-ce que c'est que ce bâton qui te pend
entre les jambes?

ninguna burla en su entonación, ningún desprecio : sólo curiosidad, simpatía, terneza, permite que me acerque, explora
el rigor mortis, sonríe con expresión incrédula

ce n'est pas vrai! : mais c'est énorme!

guiñada cómplice, veloz propulsión de la lengua, exclamaciones de asombro, prolongado fervor, admiración sincera : manos delicadas y expertas palpan la realidad del milagro, tan-
tean, calibran, parecen sopesarlo con mimo : maravilla,
pasmo, estupefacción progresivos mientras revuelve el interior de su estuche de enfermera, saca una cinta métrica, la extiende de la base a la cima, anilla amorosamente el diámetro,
se sobresalta, jubila, finge muecas de espanto

mantenerte quieto, cautivo, arrobado, incapaz de asimilar
tanta dicha, no hiedes, no ensucias, carece de orejas, la mujer
se levanta, suspira, te besa, dice que volverá, os amaréis, folla-
remos, lejanas catacumbas, remotos cementerios, jamás olvi-
dará mi apostura, te reconocerá en la longura del arma, guár-
dala para mí, vela cuidadosamente por ella, tarde o temprano
la recobraré, la hará suya, colmará la oquedad de su gruta, la
asumiré, te lo juro, hasta el fondo de la garganta

NOTICIAS DEL MÁS ALLÁ

la esperaban a la vuelta de la esquina o, para ser más precisos, en la boca misma de la cloaca : arrastraba a jirones el modelo en crepé polyester de Pronuptia : perdidos toca, velo, peluca, zapatos de tacón, prótesis dentaria : arruinada, maltrecha, fanée y descangallada, como dice la letra de la canción

un equipo de cinco o seis, provisto de todo lo necesario al cumplimiento de una misión ordenada, según supiste luego, por razones de dignidad y prestigio : bajo el mando de una severa e impasible dominación de las esferas más altas de su jerarquía : interrogada brevemente, custodiada, drogada, escamoteada a través de la frontera por nuevos mensajeros con disfraz de ejecutivos o turistas, gracias a la valija diplomática

cuando desperté, estaba otra vez en el paraíso

primera consecuencia : recuperar tu condición eviterna, revestir nuevamente las galas de una cándida, sonrosada, perenne juventud : rostro liso y suave, rasgos perfectos, expresión risueña, mirada límpida, sonrisa imperturbable : una cascada de cabellos blondos, compuestos sin necesidad de permanente o champú, reglamentariamente cortados a la altura del talle : cuerpo leve, sutil, ágil, esbelto, no afeado con enjundiosas convexidades traseras ni busto anterior bipolar, tumescente, esferoide : libre también de los horados superfluos que, para desdicha de ellos, afligen al común de los indignos mortales : ojos celestes, nítidos que eternamente se recrean en la beatífica contemplación de algún cuadro etéreo y diáfano : gestos y ademanes gráciles, movimientos alígeros, sabiduría y belleza irradiantes : un timbre de voz dulce, armonioso, exquisito, ideal para entonar deogratias y antífonas, alabar al Señor, la Intercesora y miembros del ejecutivo, glorificar perpetuamente los beneficios del sistema sublime de que gozamos

el gran desafío que se nos plantea : cómo perfeccionar lo perfecto, mejorar las condiciones de un orden a todas luces inmejorable? : problema que pone a prueba nuestra constante dedicación al progreso real de la vida y es objeto de continuas, fructuosas discusiones en los comités de la Cima y el pequeño círculo de amigos que velan por la salud de la Madre : fijar periódicamente nuevas y más audaces metas, transmitir las directrices por vía jerárquica, vigilar su cabal cumplimiento por parte de los coros inferiores : fomentar en éstos un sano espíritu de emulación y servicio personal voluntario : llevar las máximas y preceptos del Guía y la Mediadora a los rincones más apartados, procurar que sean leídos y releídos hasta que se sepan de memoria, impedir que se cuele algún error de dicción susceptible de adulterar la correcta interpretación del texto, asegurarse de la obediencia y fidelidad de los cuadros intermedios, concretar con ellos la fecha en que los objetivos serán victoriosamente alcanzados : billones de Paternosters, trillones de Avemarías, oraciones incansablemente repetidas para rescatar a las benditas ánimas que purgan sus penas o ahuyentar las groseras tentaciones que acosan al desdichado ser racional : promocionar oportunamente el ejemplo de algún celador especialmente abnegado que triplicó espontáneamente la cifra de preces asignada a los de su coro y función :

difundir las conmovidas palabras de agradecimiento y felicitación de la carismática titular del Secretariado : incesante progreso cuantitativo que pulveriza anteriores y ya increíbles records, sin descuidar por ello el aspecto que podríamos denominar estético, nuestra creciente exigencia de gusto y de calidad : delicado hieratismo de actitudes y gestos, modulación acendrada del trino en el momento de salmodiar la plegaria, mostrar en asambleas y actos alegría y entusiasmo modélicos, expandir la serenidad y fijeza de la sonrisa hasta los límites de la inefabilidad

nuestro método más eficaz y solvente : la persuasión : convencer a quien ha errado o perdido el camino rectamente trazado en el Libro de las funestas consecuencias de su extravío con respecto a sí mismo y la comunidad : exhortarle a no imitar a Medea, cuya conducta fustigaba Ovidio, cuando ponía gráficamente en boca de ella ese video meliora proboque, deteriora sequor que traduce sus debilidades, inconsecuencias, resignación : inducirle con suavidad, pero con firmeza a un escrupuloso examen de conciencia, a ver claro en el interior de su espíritu, a confiar en la virtud terapéutica de una desgarradora autocrítica verdaderamente sincera, exhaustiva, leal : la ley histórica, la experiencia diaria de los sentidos no prueban acaso, más allá de cualquier razonable duda, que nuestro sistema es el más justo e idóneo tanto cuanto suprime toda contradicción o diferencia posible entre individuo y colectividad? : alzarse frente a ésta no es erguirse frente a uno mismo? : puesto que el bien de ambos se confunde en un acorde único, a quién se le ocurriría la extravagante idea de luchar para autodestruirse sino a un pobre, vergonzante suicida, resuelto a atentar a sus días con el pretexto de eludir la vida exaltante y dichosa de los demás? : si fuéramos duros e insensibles como nuestros detractores pretenden dejaríamos al mensajero desertor, tránsfuga descarriado precipitarse por sí solo a los abismos donde hallaría fatalmente su perdición : pero nuestro sentido de la fraternidad y deber, los ejemplos luminosos del Jefe, la Mediadora y miembros del ejecutivo nos incitan a no abandonar al caído en su delirio estéril, su triste y demencial vanidad : nuestra solicitud contigo es fruto de un hondo y bien asentado convencimiento : sólo un esquizofrénico, un caso clínico podría rebajarse y actuar como tú has hecho : paciente, amorosamente nosotros te ayudaremos a recobrarte de tu rebelde e insidiosa enfermedad

has dado mucho que hablar, y tú lo sabes : inevitablemente, tu caso surgía en las conversaciones y eras, por así decirlo, la comidilla de la ciudad : cuando la gloriosa Intercesora se enteró de tus andanzas y los extremos de degradación a que habías llegado, permaneció encerrada varios días en sus aposentos, aquejada, según los rumores que filtraban de su secretariado, de una fortísima, contumaz jaqueca : si conservaras en el fondo de tus entrañas un átomo de agradecimiento correrías a postrarte ante Ella e implorarle el perdón de tu proceder torpe y desordenado : es ésta la forma de devolverle los innumerables beneficios y mercedes de que próvida, generosamente te colmaba? : una humilde carta personal de contrición y firmes propósitos de enmienda contribuiría a suavizar sus heridas, poner un bálsamo discreto y fragante en su atribulado corazón de Madre : hazlo por ti, por nosotros, por Ella : profundiza en el interior de ti mismo, extrae fuerzas de

tus sentimientos más nobles y puros, redacta el catálogo de
tus faltas : desviacionismo, violación de estatutos, alucinacio-
nes reformistas, resabios burgueses, abandono de la línea correcta trazada por las instancias directivas, vicios e inclina-
ciones peculiares de etapas históricamente superadas : inspí-
rate igualmente en el ejemplo de los demás : el fervor
contagioso con que aplicamos las normas, rebasamos las metas, propiciamos momentos enaltecedores como el que ahora
vivimos : permitiéndote escapar del infierno en que te hallas
sumido, romper con los errores del pasado, adoptar una postura clara y consistente con nuestra paradigmática filosofía
social : bastará con que traces una relación detallada de
cuanto has dicho y hecho durante tus ominosas correrías por
el mundo : no lo olvides : sostener el futuro brillante de
nuestro modelo de sociedad será la mejor forma de asegurar
la brillantez de tu propio futuro

siempre la misma monserga, chantaje, propaganda, sermón :
día y noche con su musiquilla a cuestas : anormalidad, personalismo, involución, tendencias regresivas, orgiásticas : los
dolores de cabeza que, perversa de mí, infligía a la Mediadora (causados más bien, en tu opinión, por el peso de las diademas y joyas con que exageradamente se adorna), la imagen
enardecedora de unos coros absortos en la ejecución de sus
preces o su liturgia cantada de nuestra suprema, cooptada dirección (algo que resultaba para ella un cuadro insoportable :
reiterativo, cargante, monótono, embrutecedor)
su porfiada insistencia en que redactaras tu biografía, pasaras
revista a actos y pensamientos, alimentaras su curiosidad enfermiza con mil sucesos picantes : las circunstancias en que te

conocí, cómo y cuándo templamos los dos, el exacto calibre
de tu instrumento : querían saberlo todo, absolutamente
todo, sin perdonar ni dejar en el tintero el menor detalle : be-
sabas bien?, me mordías los pechos?, a qué sabía tu suero?,
qué aspecto presentaba tu alfanje? : desvanecidas de celos de
nuestra efímera gloria, pese al aire impasible, severo que invariablemente adoptaban en sus careos e interrogatorios : como
si los sentidos tuvieran memoria! : como si el amor no fuera
justamente una bella, mudable colección de instantes! : inútil
hacerles entender que no sabía quién eras : que ignorabas o
habías olvidado su nombre y su traza : que mi amor era único
y tu cuerpo, figura, apostura, atributos imperceptiblemente
cambiaban : no guardaba postales del acto, nadie les había
filmado gozando, tu vida había discurrido como un vago,
aleatorio sueño : pero ellas dale que dale, resueltas a arran-
carme la confesión, a saborear con aterradora fruición inaudi-
tas escabrosidades : perdiendo la baba, te lo juro, apenas los
compañeros responsables nos volvían la espalda : di, cuenta,
cómo era el mendigo ese de la cloaca? : es cierto que poseía
una garrocha de trece pulgadas? : qué consistencia y diámetro tenía? : te la metió entera? : cómo jolines te las compu-
siste para que te cupiera en la garganta? : sus boquitas de
adorno, finamente rosadas temblaban de impaciencia y furor
imaginando las proezas de mi meritoria felación : sus bustos
desoladoramente lisos, sus troncos sucintos y escuetos, desprovistos de los indispensables órganos y anfractuosidades,
ardían, vibraban, se estremecían víctimas de una emoción
desconocida, cuya inevitable frustración se traducía, como es
lógico, en arranques de despecho y de rabia : sucia, puerca,
gorrina, no te da asco y verguenza haber caído tan bajo? : se
desmadraban, jugaban a médicos y enfermeras, me alzaban la
horrible funda de lino y comprobaban jubilosamente mi her-

metismo (una muñeca de celuloide, esto es lo que en realidad era!) y ellas, las muy hipócritas, se desnudaban también, ofrecían su ignominiosa perspectiva de cuerpos aplanados, hacían un simulacro del coito, usaban la flauta con que una de ellas (la más mosquita muerta) entonaba los sempiternos loores al Guía y la inamovible titular del Secretariado : vamos, desembucha, suéltalo de una vez! : te derritías de gusto con tu negro? : repite delante de nosotras tus gestos, posiciones, gritos, suspiros hasta el momento en que os pillaron follando! : explosiones de irreprimible sinceridad, ocultas en seguida tras una máscara de tiesura afectada en cuanto los cuadros superiores hacían su aparición con las cuartillas, pluma, tintero, anda majo, anímate, renuncia a tu orgullo, colabora con nosotros en la tarea solidaria de recuperarte, haz una exposición franca y abierta de tus crímenes, acógete a nuestro prometido indulto, escucha la voz de la conciencia, ayúdanos simplemente a ayudarte

enclaustrada en transparente celda de vidrio, conminada a emborronar cuartillas con sentida y vehemente confesión, constreñida a denunciar presuntos delitos y abominaciones me evadía pensando en ti mi amor, en la delicia prófuga de nuestro encuentro, la desaforada pasión que nos unía, los pasmosos, increíbles instantes de dicha que nos arrebataron a los dos, evocaba tu rostro exquisito de delincuente, tu irresistible encanto patibulario, tu bárbara, feroz apostura la noche que nos cruzamos en la medina de Uxda, rondabas con un compañero mjazní, botas cinturón emblema correaje de las Fuerzas Auxiliares, ligamos fulminantemente, me magnetizaste, nuestro diálogo sordilocuaz, con guiñadas y gestos, fue propi-

193

ciado por la tercería promiscua del callejón, me guiaste a un rincón oscuro después de darme a tentar la concluyente trabazón de tu miembro, jadeábamos envueltos en la negrura mientras tu colega acechaba en la esquina, terminé absolutamente rendida, y cuando tú te la limpiabas con mi pañuelo, el otro vino y se aprovechó, ella no quería nada con él, tu esplendor me bastaba, pero él insistía e intercediste conmigo, hwa saḥbi, aandu denb tawil, y no tuve más remedio que aceptar para que no te cabrearas, sin percatarte de que tus ex-compañeras de servicio susurran, atisban, cabildean alrededor de la ergástula, comentan que sigues perdida en tus sueños, continúas sin dar muestras de arrepentimiento, permaneces durante horas sin escribir una palabra, prestas a chivarse en seguida a los mandos, inventar mil acusaciones extravagantes, transmitir la contabilidad exacta de mis bostezos, abrumada también por la áptera uniformidad del horario, el perfeccionado ritual de sesiones de discusión y trabajo, falsa unanimidad de las presuntas asambleas de base, y en verdad centralización, jerarquía, arribismo, deseos de trepar rápidamente a la cima, aplaudir los discursos de las dominaciones del coro superior, repetir como loros las consignas de la última, revisada edición del Libro, fingir un entusiasmo y alegría inexistentes, dar pruebas de oportunismo servil ante los jefes, componer versos, cánticos, homilías en alabanza de la Intercesora, trazar por enésima vez, con inalterable lisonja, los rasgos embellecidos de su retrato, empezó de una vez?, no, anda todavía divagando, parece furiosa, quien sabe si proyecta engañarnos, ganar tiempo, establecer contacto con el enemigo, forjar nuevas y más odiosas calumnias, merecería ir al averno como antes del penúltimo Congreso, se diría que quiere poner a prueba la firmeza de nuestro consubstancial humanismo, sujetémosla a vigilancia implacable, tarde o temprano se descubrirá, arrojará la máscara a la que desesperadamente se aferra, nos sobrecogerá con su criminal conducta, mariposeando luego, excitadamente, para pasar el chisme de un coro a otro, ya empieza, ha tomado la pluma, dibuja o traza palotes en las cuartillas, hace una bola con ellas, si las echa a la papelera las recogeremos, podremos someterlas a análisis, averiguar el hilo de sus pensamientos, como si yo no lo supiera, ignorara los viejos hábitos de delación, vuestra afición incurable al espionaje, privada de toda intimidad, de la mera posibilidad de posar la vista alrededor de ti sin dar al punto con sus figuras melifluas, cabellos casi albinos, pecho baldío, nalgas inútiles, túnica inmaculada, algo como para enloquecer del todo y de repente, horizonte sin límite, panorama de nieve, esquizofrenia de abetos, desolaciones árticas

mejor escribir, manchar el papel, sacar ozono del recuerdo, inventar, para confundirlas, algún burlón juego de palabras

> marruecos, patria(s) de adopción en el doble
> sentido del término : combados, fulgurantes,
> ubérrimos, poderosos imanes : reserva ina-
> gotable de divinas sorpresas!
> rompecabezas?
> y otra cosa mejor!
> quien lo(s) cató que me entienda!

dejar tranquilamente el papel sobre la mesa, bostezar, desperezarse, has acabado ya?, sí, he acabado, salir a dar una vuelta, desentumecer lós miembros, mezclarte con las militantes de alguna brigada de choque cubiertas de medallas, escuchar sus fiambres discursos sobre este edén radiante y verificar una vez más que tu salida de él es impensable porque no vives el presente sino el futuro y, a menos de recobrar la mortalidad, al futuro, desdichadamente, no hay quien escape

A LAS AUTORIDADES CORRESPONDIENTES DE NUESTRA
GLORIOSA REPÚBLICA CELESTIAL

próximo a cumplirse el bicentenario del triunfo de
nuestra portentosa utopía, en este siglo exaltante de
la edificación de una sociedad liberada de los vicios
y lacras de los sistemas explotadores antiguos, en la
culminación de una década caracterizada por el
ritmo impetuoso de sus avances y la consecución de
objetivos inauditos, en un momento en que nuestra
comunidad, esclarecida por la lectura asidua de la
Obra inmortal del Guía Supremo, bajo la sabia dirección de la sublime Intercesora y sus fieles colabo-
radores del ejecutivo se dispone a lanzarse a nuevas y
victoriosas metas, difundir las nobles ideas de una
enseñanza eternamente viva e invencible, consolidar
definitivamente las conquistas y adquisiciones de pla-
nes anteriores a fin de asegurar la perpetuación del
maravilloso estado de felicidad en que vivimos, dentro de esta perspectiva nítida, resplandeciente, epi-
fánica que ha permitido saltar del pasado al futuro,
sin necesidad de sufrir las luchas, tensiones, conflic-
tos dramáticos que definen el presente de las demás
sociedades históricamente condenadas, la existencia
de un defecto, por mínimo e insignificante que fuere,
supondría, a causa de la absoluta perfección del con-
junto, un justo motivo de inquietud tanto cuanto una
simple mancha en panorama de tan excepcional blan-
cura atraería inmediatamente la atención de cualquier observador, chocaría, suscitaría naturales reacciones de repulsa y temor entre los miembros de

nuestra colectividad bienaventurada, máxime si se
tiene en cuenta que dicha mácula pudiera muy bien
extenderse, contagiar su odioso ejemplo a almas inocentes y puras, servir de absceso de fijación de esos
resentidos y descontentos cuya lógica morada sería
el averno si la incomparable magnanimidad de nuestro Guía Supremo no hubiera resuelto clausurarlo
hace ya muchos años
dicha amenaza potencial existe, y siendo siempre mejor prevenir que curar, tal es el objeto de esta breve y
humilde reflexión personal
el estigma, baldón, mancha, garbanzo negro, oveja
descarriada que aflige el bellísimo cuadro de una sociedad embarcada en un asombroso proceso de superación continua, donde límites tenidos por inalcanza-
bles son alcanzados todos los días gracias al increíble
tesón de unos coros educados en el ejemplo trascendental del Guía Supremo y la augusta titular del Secretariado, este elemento negativo, rebelde a cualquier tipo de terapéutica, monstruosamente apegado
a un comportamiento egoísta y cínico, incluso abiertamente provocador, existe, y puedo garantizarlo sin
testimonios ni pruebas en la medida en que soy yo
a pesar de los esfuerzos fabulosos de unos compañeros heroicos que se turnan día y noche a mi lado con
objeto de persuadirme fraternalmente a renunciar a
mis abominables errores con una constancia, dedicación, intrepidez y altruismo que promueven mi admiración y entusiasmo he permanecido sorda, cerrada e
indiferente a sus irrebatibles argumentos, a las excep-
cionales manifestaciones de bondad y desprendi-
miento que han prodigado conmigo

soy indigna de pertenecer a una comunidad cuya al-
tísima moral muestra a las claras su carácter ejemplar
e invicto

las bajezas, miserias, aberraciones que he conocido
en un mundo defectuoso y caduco, irremisiblemente
abocado a extinguirse y ceder paso a la dinámica superior que encarnamos resultan más atrayentes para
mí que la inefable, sempiterna ventura con que inútilmente me obsequian y han obsequiado

un minuto de goce, el recuerdo de unos labios rotun-
dos, una mirada pugnaz y felina, un dispositivo viril
soberbiamente armado anulan de golpe vuestras promesas y realidades miríficas

quiero ser definitivamente mortal, caer en el muladar
de la Historia

devuélvanme mi vejez, las arrugas, la boca sin dientes, mi ruinosa vagina, el ano tantas veces vulnerado

mi autocrítica es esta, y no me apearé de ella

confiando en la inmunda verdad de mis razones

abandono enteramente mi destino en sus manos

sorpresa, asombro, estupefacción, cólera, repugnancia se pintaba sucesivamente en el rostro de los lectores ávidos de la
carta : los ya enterados volaban con el chisme a los demás,
recargaban las tintas por su cuenta, añadían detalles de su cosecha, sin recurrir, como el reglamento exigía, al conducto
normal por vía jerárquica : la idea de una posible conspira-
ción cobró cuerpo : el vecorreidile provocaba sofocos y des-
mayos, se discutía en voz baja de la oportunidad de informar
al Jefe Supremo, comunicar la noticia inaudita a la remota ti-

tular del Secretariado : el quid era demasiado serio, su efecto
podría serle funesto, ninguno se atrevía a tomar la decisión,
poner el famoso cascabel al gato : vanamente buscaban inspiración en las páginas clarividentes del Libro, multiplicaban el
fervor de las preces, repetían a coro las máximas : el caso no
había sido previsto, y al descubrirlo, sus sentimientos de frustración e impotencia desembocaban en un confuso estado de
despecho propicio al desánimo : algunos brigadistas de choque reaccionaron histéricamente y arañaban, según dijo
luego, la ergástula de vidrio donde permanecía encerrada : la
Intercesora sufría una de sus habituales migrañas y se adoptó,
por unanimidad, la proposición que parecía más cuerda : quería renunciar ad vitam aeternam a los grandiosos beneficios y
dádivas de que había sido colmada? : prefería miseria, vejez,
decadencia en un mundo caído en un proceso inexorable de
destrucción? : allá ella! : sus deseos se cumplirían!
solemne, irrevocablemente adoptaron la decisión de expulsarla

a partir de este punto las explicaciones divergen notablemente
: unos cuentan que la vieron aterrizar en el cementerio de Bab
Dukkala, fresca, animosa, juvenil, optimista, pese a los años y
fatigas de un largo, agotador viaje : allí habría acampado
hasta su muerte, rondando la entrada de los cuarteles, ofre-
ciendo los servicios de un apostolado devoto, fructuoso, incansable
otros dicen que reside en Sidi Yusuf Ben Alí vestida de musulmana y recorre a diario la muralla para ir a la tenería de
Bab Debbagh, con la esperanza de encontrar a su antiguo
amor

algunos afirman que vive o vivió felizmente con éste hasta que les sorprendió la muerte, pero yo, el halaiquí nesrani que les ha referido la acción, asumiendo por turno voces y papeles, haciéndoles volar de uno a otro continente sin haberme movido un instante del corro fraternal que formamos, no puedo confirmar la certeza de ninguna de las versiones con todo, el oficio tiene sus exigencias, y como el público suele gustar de un final alegre, me inclino a sostener la hipótesis más amena : creo que, efectivamente, disfrutan los dos de un grato y bien merecido descanso que contrapesa la azarosa vida que llevaron y pondrá momentánea dulzura en el ánimo de los oyentes, premiando así la fidelidad y paciencia con que han permanecido en la halca, este minúsculo islote de libertad y fiesta en un océano de iniquidad y pobreza, dándoles y dándome las fuerzas necesarias para concluir la jornada, plegar bártulos, recoger enseres, buscar refugio, conciliar el sueño con la idea de que todo será mejor mañana y estarán, estaré aun con ustedes, presto a inventar nuevas y más estupendas aventuras, acogido, si dios quiere, a la franquicia y benignidad de la plaza

LECTURA DEL ESPACIO EN XEMAÁ-EL-FNÁ

para facilitar el primer contacto, la Guide Bleu aconseja subir al atardecer a la terraza florida de algún café, cuando el sol incendia el paisaje urbano y es posible atalayar en su esplendor la ubicua improvisación de su fiesta

Fodor propone, al revés, una irrupción matinal por Bab Fteuh, a fin de captar muy a lo vivo el increíble bric-à-brac de sus mercados

Nagel, Baedeker, Pol, más precavidas, sugieren una aproximación leve y discreta : pillarla de flanco sin prevención ni aparato, y dejarse arrastrar por el gentío hasta desembocar inopinadamente en ella

couleur locale breakaway fascinación

y sin embargo

como una araña, como un pulpo, como un ciempiés que se desliza y escurre, bulle, forcejea, elude el abrazo, veda la posesión

todas las guías mienten

no hay por dónde cogerla

ágora, representación teatral, punto de convergencia : espacio abierto y plural, vasto ejido de ideas

campesinos, pastores, áscaris, comerciantes, chalanes venidos de las centrales de autocares, estaciones de taxis, paradas de coches de alquiler somnolientos : amalgamados en una masa ociosa, absortos en la contemplación del ajetreo cotidiano, acogidos a la licencia y desenfado del ámbito, en continuo, veleidoso movimiento : contacto inmediato entre desconoci-

203

dos, olvido de las coacciones sociales, identificación en la plegaria y la risa, suspensión temporal de jerarquías, gozosa igualdad de los cuerpos

pasear lentamente, sin la esclavitud del horario, siguiendo la mudable inspiración del gentío : viajero en un mundo móvil y errático : adaptado al ritmo de los demás : en gracioso y feraz nomadismo : aguja sutil en medio del pajar : perdido en un maremagnum de olores, sensaciones, imágenes, múltiples vibraciones acústicas : corte esplendente de un reino de locos y charlatanes : utopía paupérrima de igualdad y licencia absolutas : trashumar de corro en corro, como quien cambia de pasto : en el espacio neutral de caótica, delirante estereofonía : panderetas guitarras tambores rabeles pregones discursos suratas chillidos : colectividad fraterna que ignora el asilo, el ghetto, la marginación : orates, monstruos, extraños campan a sus anchas, exhiben orgullosamente muñones y lacras, increpan con ademán furioso a los transeúntes : savonarolas ciegos, mendigos reptantes, recitadores coránicos, posesos, energúmenos : cada uno con su tema a cuestas, escudado en su locura como un caracol, a contrapelo de un público indiferente, burlón, compasivo

la multitud desborda en el tráfico de la calzada, rodea automóviles y coches de punto, ciñe los carritos de los portadores, asedia los rebaños de ovejas y cabras, asume las características de una grandiosa manifestación sin objeto, de un ejército popular sin grados ni jerarquías : bicicletas guiadas por equilibristas, recuas de borricos cargados de cestos, autobuses cuyas maniobras de estacionamiento evocan el patetismo, torpeza de movimientos de una inerme ballena varada : velocidad, fuerza, poder sujetos a la ley de la mayoría : impotencia, inutilidad de bocinas y máquinas : desquite de lo espontáneo, abigarrado, prolífero contra la universal regulación clasista : tierra de nadie donde el cuerpo es rey y la efigie colgada en edificios y farolas un monigote descolorido

supervivencia del ideal nómada en términos de utopía : universo sin estado ni jefe, libre circulación de personas y bienes, territorio común, pastoreo, pura impulsión centrífuga : abolición de propiedad y jerarquía, rígida acotación espacial, dominio fundado en razones de sexo y edad, torpe acumulación de riqueza : asumir la fecunda libertad del gitano transgresor de fronteras : acampar en un vasto presente de búsqueda y aventura : confundir mar con tierra y navegar por ésta con grácil tesitura de pescador : auspiciar estructuras de hospitalidad vagabunda, puertos francos de trueque y discusión, zocos, mercadillos de ideas

nómadas del océano o pescadores de arena : palmerales en medio del desierto : islas de verdor en un mar ocre, de superficie rugosa, ondeada : marejada que riza las crestas de las dunas : troncos desmochados alzados como mástiles : caravanas diminutas, como flotillas que faenan
analogías entre desierto y océano : espacio ilimitado, aislamiento, silencio, imbricación de olas y dunas, libertad desme-

surada y salvaje, nitidez, absoluta limpieza

relación aleatoria con los elementos : común dependencia del
viento y la lluvia, luna, sol, estrellas, tempestades

precaución, experiencia, sabiduría ancestrales frente a insidias
y trampas del clima, virajes traidores del cielo

agudo sentido de la orientación, lectura paralela de los as-
tros, sensibilidad zahorí que brujulea al acecho del banco o la
veta

movilidad, valor, incertidumbre, solidaridad ante el peligro,
resistencia, moderación, hospitalidad leve, fraterna

local comercial portátil : negocio ambulante reducido a su
más simple expresión : alfombra raída o una pequeña estera :
magras, insólitas existencias : una cajita de metal con un pu-
ñado de raíces, una baraja gastada, una lámina de anatomía
en color, un tratado de artes galantes y recetas afrodisíacas,
un viejo y sobado ejemplar del Corán : la lámpara de Aladino al anochecer, quizás un paraguas tutelar, abierto como
un hongo umbilífero, bajo el que un gnomo con babuchas y
gorro puntiagudo se ampara como puede del despotismo
solar

proverbial dificultad de enumerar lo que el espacio engen-
dra

trastos, útiles, cachivaches arrastrados desde bocacalles y arterias por impetuoso maelstrón : infinidad de objetos de toda
laya donde quiera se pose la vista : proliferación demencial
de inútil mercancía : reclamos e imágenes consumistas an-

zuelo del eventual comprador
alinear pacientemente nombres, adjetivos, términos en lucha
desigual con la perfecta simultaneidad de la fotografía : correr en vano tras ella, como viajero que pierde el tren y resue-
lla grotesco por el andén hasta perder el aliento
cosas, chismes, productos que llenan el vacío, ocupan mate-
rialmente el paisaje urbano, se vierten a granel desde bazares
y tenderetes, abruman el campo visual hasta el empalago
pirámides de almendras y nueces, hojas secas de al-
heña, pinchos morunos, calderos humeantes de hari-
ra, sacos de habas, montañas pringosas de dátiles, alfombras, aguamaniles, espejos, teteras, baratijas, san-
dalias de plástico, gorros de lana, tejidos chillones,
cinturones bordados, anillos, relojes con esferas de
colores, tarjetas postales marchitas, revistas, calenda-
rios, libros de lance, mergueces, cabezas de carnero
pensativas, latas de aceituna, haces de hierbabuena,
panes de azúcar, vociferantes transistores, trebejos de
cocina, cazuelas de barro, alcuzcuceros, cestas de
mimbre, chalecos de cuero, bolsos saharauis, cofines
de esparto, artesanía beréber, figurillas de piedra, ca-
zoletas de pipa, rosas de arena, pasteles mosqueados,
confites de coloración violenta, altramuces, semillas,
huevos, cajas de fruta, especias, jarras de leche agria,
cigarrillos vendidos por unidades, cacahuetes sala-
dos, cucharas y cazos de madera, radios miniatura,
cassettes de Xil Xilala y Noss-el-Ghiwán, prospectos
turísticos, fundas de pasaporte, fotografías de Pelé,
Um Kalsúm, Farid-el-Atrach, Su Majestad el Rey,
un plano de la villa de París, una estrafalaria torre
Eiffel

añadir
en homenaje a Prévert
a la lista heteróclita
la presencia simbólica
de un RATON LAVEUR

holgada envoltura del cuerpo árabe : libertad de expresión de
los miembros en el vuelo flotante del traje, complexión insinuada por la dócil elasticidad de una tela cuyos pliegues mol-
dean salientes y entrantes con mayor sugestión y eficacia que
si anduvieran desnudos : esquivo, habilidoso ejercicio de
amagar y ocultarse en el anonimato coral de la plaza : rostros, piernas, talles, gargantas reproducidos en filigrana tras
el recato de velos y pañuelos, rigor y compostura de caftanes,
decoro de almalafas y fuquías : muslos de rotación helicoide
en torno a la umbrosa diana, ondeo de caderas con rítmico
movimiento de bielas, temblor jubiloso de pechos en escati-
mada tensión : corrientes, vibraciones, flujos sanguíneos inmediatamente reflejados en tumescencias paralelas y opuestas,
a cubierto de la ruda chilaba o el amplio, cauteloso albornoz :
cono inguinal que transforma el tejido en jaima de beduino y
alberga, discreto, la erguida disposición del mástil : en una
mescolanza favorable a inconfesables tercerías, ráfagas celesti-
nas de viento, maniobras sutiles de polinación : mercadillo de
oferta y demanda donde el trato se cierra con sonrisas y señas
y, peritos en el arte de una semiología espontánea, los traji-
nantes descifran deseos e impulsos mediante la lectura al tras-
luz de sus prendas

entre albornoces, fuquías, chilabas, tejanos procedentes de
Corea y Hong-Kong, camisetas con reclamos de Yale, California, Harvard, New York University
inútil preguntar a quienes las llevan si allí se graduaron : algunos, quizá la mayoría, ignoran totalmente la grafía europea
prestigio irrisorio de un sistema caduco que parpadea a años
luz de distancia, como el brillo de un planeta abolido, de una
estrella desorbitada, muerta
vanidad de una cultura transformada en gadget, cortada de
las raíces de donde debería extraer su savia, ayuna incluso de
su propia y dramática inexistencia

concepción del vestuario como símbolo, referencia, disfraz :
variedad y riqueza del indumento aceptado en el breve paréntesis de la fiesta : renovación interina de prendas y personalidad social : mudar de ropas para mudar de piel : ser, por espacio de horas, nabab, peregrino, rey : ofrecerse en espectáculo a uno mismo y a los demás
(ancianos de blanco hasta los pies vestidos, muchachas con
aretes y pulseras de plata, almaizales de leve y sutil transparencia, profusión de cinturas y babuchas nuevas, turbantes
como sierpes armoniosamente enroscadas)
representación teatral : fondo sonoro de almuédanos en los
alminares de las mezquitas : candilejas, escenarios, telones de
pacotilla : fundirse en el regocijo del coro que despide el
ayuno de Ramadán

competencia feroz de la halca : coexistencia de múltiples, si-
multáneos reclamos : libre abandono de cualquier espectáculo
tras la novedad, excitación del corro vecino : necesidad de alzar la voz, argumentar, pulir la labia, afinar el gesto, forzar la
mueca que captarán la atención del viandante o desencadena-
rán irresistiblemente su risa : cabriolas de payaso, agilidad de
saltimbanquis, tambores y danzas gnauas, chillidos de monos,
pregones de médicos y herbolarios, irrupción brusca de flau-
tas y panderetas en el momento de pasar el platillo : inmovili-
zar, entretener, seducir a una masa eternamente disponible,
imantarla poco a poco al territorio propio, distraerla del
canto de sirena rival, arrancarle al fin el brillante dirham que
premiará fortaleza, tesón, ingeniosidad, virtuosismo

parodia cómica, risueña, invertida de la agitación, frenesí, correcorre de las operaciones bursátiles neoyorquinas durante
sus frecuentes vendavales de euforia o ramalazos de pánico,
cuando los Dow Jones suben flechados o súbitamente se de-
rrumban en medio de las vociferaciones de los clientes, la mutación vertiginosa de las cifras, el tráfago de los teletipos, la
algarabía de los profesionales
tipismo à rebours : atroz merienda de blancos

sentado en el suelo, un simple de espíritu acaricia las cuerdas
de su rabel, amorosacunándolo como una nodriza : la muchedumbre censura su presencia mezquina, pasa atareada junto a
él, le otorga una transparencia diáfana, le abandona al mo-

nótono y obsesivo rasgueo : labios de perenne sonrisa, mirada estrábica, vida proyectada hacia un horizonte imposible : las almas caritativas le sostienen y acata el destino con alegre resignación : venir al mundo para mecer su instrumento, pulsar notas agrias, repetir incansablemente sus gestos, ocupar día tras día un modesto hueco en el espacio común de la plaza

una mujer velada compone un solitario aguardando la mordida del cliente : un viejo traza un graffitto con tiza mientras salmodia a media voz una surata : el coro de mendigos reitera sin tregua fi-sabili-l-lah y agita, risueño, los botes de monedas : el sol cae a plomo sobre sus cabezas, burila y acentúa la inexpresividad de sus rasgos, esculpe e inmoviliza las forzadas sonrisas, les hace guiñar (o es obra de las moscas?) como si hubieran recobrado la vista a pesar de sus órbitas vacías, los ojos de cristal, la horrenda cicatriz de los párpados

la cofradía de los Ulad-de-Sidi-Hamad-u-Musa se apiña de improviso a formar la gran pirámide : se encaraman los mozos a los estribos manuales, aúpanse unos a otros con movimientos rápidos, se afirman en los hombros de los que aguantan abajo, ayudan a trepar a su vez a quienes deben escalar a la cima : estricta jerarquía conforme al peso y edad : de los hombres robustos de la base al niño frágil que saluda con ingenuidad a sus parciales en lo alto de un trono mirífico : chaquetillas y bombachos flamean sus colores brillantes y, dóciles a una seña del jefe, los gañanes giran con lentitud los extremos del eje y dan una, dos, tres vueltas completas en esbelto y gracioso equilibrio : mientras el público jalea y aplaude y agrega unos cuantos dirhames a su exiguo, modesto peculio : al soltarse, los más jóvenes emprenden, a tambor batiente, sus ejercicios de acrobacia : volatineros de textura elástica, realizan sus suertes audaces en ingrávido y veloz torbellino : las ruedas, brincos, saltos mortales, desafían las newtonianas leyes, se ríen de la ponderosa manzana, afirman la dúctil calidad de unos cuerpos forjados en el rigor y estrechez de una vida sin protección ni familia, abandonada a sus propios recursos desde la infancia más blanda : otros doblan el tronco atrás, tienden el costillar como fuelle de acordeón, pasan la cabeza por la entrepierna, dislocan los miembros, se desbaratan, parecen plegarse : sillas de tijeras que inesperadamente se transmutan, recobran la forma humana y hasta tienen el valor de forzar una tenue sonrisa cuando captan la mirada admirativa del respetable

oquedad circular, vacío sonoro del rito gnaua : zona conminatoriamente despejada a golpe de tambor a fin de ofrendar a oportuna distancia el sobrio rigor de su inmutable escenografía : comparsa de actores desplegada en fila, calzones y blusas inmaculados, piernas tersas, sombrías, de escueta y elemental desnudez : el derviche de turno exhibe su dentadura luminosa, gira beodo con pies descalzos, emula la danza de los cosacos, azota vertiginosamente el espacio con la borla risueña del fez : el repique incesante de las tablillas impulsa la velocidad de sus movimientos y apresta la irrupción del más viejo, flaco como un manojo de sarmientos, pero dotado de una elasticidad y energía absolutamente impropias de sus años : lenguaje corporal cuyo músculo es léxico : nervio, morfología

: articulación, sintaxis : su vibración, significado, mensaje se propagan inmediatamente al auditorio, ganan los órganos sensoriales, recorren la piel como un cosquilleo, suscitan una forma de conocimiento directamente ligada a la emoción goce auditivo y visual, felicidad de los sentidos que embeben el ánimo del espectador y se prolongan después, mucho después del mutis, como esa liviana mezcla de plenitud y hastío del que acaba, furtivo, de hacer el amor

dos ancianos con pinta de faquires indostánicos compendian la rica, abigarrada panoplia de sus artilugios en la raída alfombra que cubre el territorio pacientemente adquirido por usucapión : heteróclitos, improvisados floreros hechos de botellas, bidones de Esso, tarros de leche en polvo Nido, aguamaniles, candelabros rematados con rosas de plástico : insensibles al giro de las estaciones, a la recia, continua, rencorosa embestida del furibundo sol : la estructura compleja de sus pipas imita la forma de un saxofón, el olor del incienso que queman evoca simultáneamente la iglesia y el fumadero de kif : docenas de palomas revolotean, blancas, entre los floreros, se embriagan con la combustión de la resina aromática, se posan en la cabeza de los viejos, picotean alpiste en sus manos nudosas, se arrullan, zurean, hacen melindres en la silvana espesura de sus barbas, exploran, sin jamás transgredirlos, los límites mágicos del tapiz

cráneo robusto perfectamente rasurado, nuca abultada y maciza, espaldas anchas, piel cobriza, gruesos labios, bigote

mongol que escurre por la barbilla, dientes enfundados en oro
Fantomas
Big Boss
Tarzán
Saruh
Antar
Tarás Bulba
sobresale en elocuencia y altura entre todos los halaiquís de la
plaza : su imponente presencia y voz estentórea atraen diariamente a un público ansioso, cautivo feliz de su arrogancia
mentida : con los brazos en jarras, los pies en compás, recita
de carrerilla, como un colegial, la guía geográfica de sus andanzas, la interminable retahíla de sus apodos : su labia ex-
plosiva, sugerente, mordaz cultiva diestramente los recursos
del habla popular : jerga limpia de trabas, inhibiciones, censu-
ras : historias de enredos, cuernos, gramática parda entreve-
radas con versos, obscenidades, suratas, risas, imprecaciones,
injurias : anécdotas de traseros, vientres, falos rematadas
abruptamente en prédica moral : entre dos ocurrencias da la
vuelta al anillo, conmina a retirarse a las mujeres, agarra del
pescuezo a algún chiquillo y lo arroja de sí con severa y feroz
apostura : sus patrañas de redivivo Arcipreste exaltan e ironi-
zan con énfasis los peligros del goce sexual : florida abundancia de alusiones, paráfrasis, eufemismos adornada de muecas
auríferas, onomatopeyas bruscas, veloces movimientos del
puño con el dedo mayor empalmado : fornicación : Tiznit :
felación : Tefraút : coito posterior : Uarzazát : sin descuidar
las normas de la oratoria clásica, la pregunta retórica dirigida
a los secuaces : adivina adivinanza : cómo pudo preservar su
integridad el joven Xuhá la noche en que durmió en un antro
de bujarrones? : respuesta : mediante la previsora estrata-
gema de volcar en los fondillos de sus calzones un espesísimo

potaje de habas! : sonrisa general que se transforma en gesto
de plegaria, escolta habitual de la invocación consabida
a quien Dios no le da fuerza, hermanos míos, lo recompensa
con maña : admiremos pues Su sabiduría y démosle las gracias!

redoble de tambores al atardecer, cuando el sol cobrizo, tras
la Kutubia, magnifica y realza los fastos urbanos con esplen-
dores de tarjeta postal : verde jubiloso de las palmeras del jardín público, ocre vivaz de casas e inmuebles oficiales, atmósfera serena de azul imperturbable, contrafuertes lejanos del
Atlas empenachados de un blanco purísimo : luminosidad que
estimula y embriaga, se alía al frenesí de pregones y danzas,
predispone el ánimo del forastero al disfrute de un poco de libertad : inmerso en el vasto recinto establecido para solaz y
gloria de los sentidos : absorto en el ocio fértil de quienes va-
gan en estado de alegre disponibilidad : con la certeza de
acogerse a una tribu hospitalaria y abierta : de ser, al fin, señor de su cuerpo y candidato eventual al goce y posesión del
de la vecina o vecino : conciencia de belleza, juventud propias y deseo ajeno o viceversa, que se traduce en un lenguaje
cifrado de toses, guiños, sonrisas : valores cotizables, al alcance de quien puede o sabe pagar la cuenta : lejos del orden
molecular, irreductible de la gran urbe europea industrializada : agresión del reloj, apresuramiento, horas punta, infinita soledad compartida parachoques contra parachoques :
separación celular en núcleos infusibles, apretujado aislamiento : herramienta robot cifra máquina : incorporeidad,
distanciamiento, transparencia, ataraxia en los antípodas de
la dulce familiaridad sin fronteras : del reino de aventuras y

encuentros, lenguaje de caderas, telegrafía de gestos, semierecciones festivas : incitaciones visuales y acústicas al tanteo y exploración, al ejercicio de la caza furtiva, al magreo de la mano inconexa

fraternidad concreta, material, directa de los espectadores del corro, contactos físicos y sensibles en la inquieta promiscuidad de la halca : rozamientos de piernas y brazos, toques esporádicos, cautas maniobras aproximativas : antenas destinadas a sondar las intenciones del silencioso recipiendario sin temor a bofetadas ni gritos : preludio a su vez de más hondos y audaces escarceos : avance discreto, constante del propio tronco hacia lo posterior codiciado : opulencia celada, pero entrevista gracias al tejido alcahuete que adhiere y permite vislumbrar la topografía : para encajar cuidadosamente lo convexo en la concavidad consentida con regodeo cómplice o muda culpabilidad : acentuar entonces la coacción, mantener el necesario rigor en la ansiedad de la espera : con las manos en los bolsillos, secundando el rígido y apremiante dispositivo de la incursión : emociones compartidas a hurto del público, deliciosamente turbadoras e intensas en virtud de su estricta clandestinidad : conciencia de poridad cantada por los poetas, placer mezclado de precaución como el andar por medio de las dunas : amorosa refriega que, a través de la barrera infranqueable de la tela, caldea y tensa los ánimos al límite del imposible fervor : hasta que la enigmática del velo se esquiva, da media vuelta y desaparece del brazo del esposo burlado, sin una sola mirada al cuerpo extraño con el que acaba no obstante de coyundar un mimo viejo, tocado con una peluca rubia, arroja monedas al aire, las atrapa al vuelo, hace juegos de prestidigitación, escamotea, embeleca, posa ante la cámara de una pareja de turistas, les reclama el precio de sus instantáneas, solicita el permiso de besar sus mejillas y, tras rozar apenas las del marido, repite la operación, efusivamente, con su media naranja, plebiscitado por el regocijo de un público que conoce sus mañas y premia a carcajadas el descaro burlón

dos payasos escenifican un número bufo de ambiciones modestas y rudimentario disfraz : orejas de burro, diálogo a gritos en razón de presunta sordera, bastonazos al peto defensor de las partes traseras, alusiones e injurias gratuitas, de índole excrementicia o sexual

unos músicos recitan ensalmos destinados a obtener los favores de algún salih milagrero : flautistas nervudos, de tez oscura y bigote recio acompañan los movimientos de un zámil con tenue velo de gasa, cinturón recamado, prendas femeninas cuyos guiños, meneos, carantoñas, risitas promueven el arrobo y delicia del respetable arracimado en el lugar : gañanes, mujeres, chiquillos, soldados extienden las palmas para el azalá, corean las preces y jaculatorias, disfrutan a fondo del espectáculo mientras un limosnero de turbante y hábito blanco se desgañita, hace aspavientos, impone manos, despacha en cuclillas con viejas y mozas, finge arrebatos beatíficos, se arroja teatralmente al suelo con convulsiones de entonada piedad

instalado en el centro de la halca, el hombre vacía orgullosamente la talega como para proceder a un inventario cuida-

doso de sus tesoros : los reptiles emergen poco a poco sus diminutas testas, coliatados en grupos heteróclitos, tirando cada uno por su lado con inútil fuerza centrífuga : estincos, lagartijas, salamanquesas adoptan, en razón de su huida dispersa, la informe movilidad de un animal de desacordados tropismos : su amo los introduce en una caja de madera y, con el diligente ademán de la costurera que se pone en la boca un imperdible, sujeta entre los labios un lagarto rabón, pero insidiosamente vivo : cuando concluye la faena se incorpora, echa la cabeza atrás, sacude la trenza que le brota en medio del cráneo afeitado y, siempre con el bicho en los labios, da vueltas y vueltas al ruedo esgrimiendo el cuchillo con el que suele operar en vivo : de improviso se detiene, retira el animal de su boca, lo agarra como si fuera a someterlo a una nueva y audaz vivisección, prorrumpe en una melopea frenética que es medio oración y medio conjuro : recetas contra enfermedad, mal de ojo, accidente declamadas, los ojos cerrados, con rocío abundante de salivillas : el cuerpo súbitamente inmóvil : al tiempo que el sudor le escurre por la cara y desliza hasta su barba faunesca, de espléndido macho cabrío : cómo atraer el flujo de las mujeres? : cómo evitar el embarazo a la soltera, el deshonor a la familia? : sencillo, archisencillo : medicina natural, remedio de mulaná : ni preservativo ni píldora ni diafragma ni apeo de tren en marcha : extracto de cola de lagartija!
los saurios se agitan como si presintieran su suerte desdichada : el rito solemne de su captor, tras una breve oscilación de la trenza, de arrojar el ejemplar ya mutilado al cofre del tesoro, elegir una nueva víctima, introducirla en su cavidad bucal hasta la altura de las patas traseras, dar el número fijado de vueltas, regresar al centro del círculo, extender las manos en ademán de plegaria, y, zas, trizar el rabo con dentellada enér-

gica, dejar resbalar unas gotas de sangre por la comisura de los labios, escupir la cola seccionada, colectar con movimientos de zombi la ofrenda generosa del público

acomodarse ceremoniosamente en el suelo, desplegar los secretos de un asendereado maletín, trazar con tiza alrededor de él un círculo mágico, recitar una oración con las palmas extendidas, exponer un manojo de hierbas curativas, mostrar a la redonda una lámina ilustrativa del embarazo
declamar la lista de peligros que acechan al cuerpo femenino, pregonar la posesión exclusiva de la infalible panacea, pronunciar las fórmulas de conjuro que obligan a huir al diablo, exhibir un recipiente de líquido violentamente teñido, sacudir su espumoso contenido hasta desbordar la botella, verterlo lentamente en un vaso sin llegar jamás a colmarlo
esparcir el polvillo de un talismán poderoso, revolver la mezcla obtenida con una vieja cuchara, añadir las primicias de una copiosa emisión de saliva, llevar la pócima a los labios de la primera cuitada que pica, imponerle las manos en la cabeza cuando ansiosamente la traga
salud, dicha, amor del marido por el módico precio de un dirham mientras la mujer se aleja con expresión recogida, como si acabara de comulgar

vivir, literalmente, del cuento : de un cuento que es, ni más ni menos, el de nunca acabar : ingrávido edificio sonoro en de(con)strucción perpetua : lienzo de Penélope tejido, deste-

jido día y noche : castillo de arena mecánicamente barrido
por el mar

servir a un público siempre hambriento de historias un tema
conocido : entretener su suspenso con sostenida imaginación
: recurrir si conviene a las tretas y artimañas del mimo : alterar los registros tonales desde bajo a tenor

los oyentes forman semicírculo en torno al vendedor de sueños, absorben sus frases con atención hipnótica, se abandonan
de lleno al espectáculo de su variada, mimética actividad :
onomatopeya de cascos, rugido de fieras, chillido de sordos,
falsete de viejos, vozarrón de gigantes, llanto de mujeres, su-
surro de enanos : a veces interrumpe la narración en su punto
culminante y una expresión inquieta se pinta en los niños pasmados a la incierta luz del candil : viajes y proezas de Antar,
diabluras de Aicha Debbana, anécdotas de Harún-er-Rachid
invitan al público a una participación activa, operan sobre él
como un sicodrama, construyen mediante un juego de identi-
ficaciones y antagonismos los rudimentos de su embrionaria
sociabilidad : cuando Xuhá se presenta a palacio vestido y
desnudo, a pie y a caballo, riendo y llorando una carcajada
fresca premia su industria y la burla ingeniosísima del sultán :
reino ideal donde la astucia obtiene la recompensa y la fuerza
bruta el castigo, utopía de un dios equitativo de designios
profundos y honrados : antídoto necesario de la vida pobre y
descalza, el hambre insatisfecha, la realidad inicua : el zarandeado embaucador lo sabe y abreva, elocuente, su sed de
aventuras : los duendecillos con chilaba son su único ganapán
: lento, con paciencia de araña, los aislará del mundo : capsu-
lados en leve burbuja : su sutil, invisible cárcel verbal

liberación del discurso, de todos los discursos opuestos a la normalidad dominante : abolición del silencio implacable infligido por leyes, supersticiones, costumbres : en abrupta ruptura con dogmas y preceptos oficiales : voz autorizada de padres, maridos, jefes, áulicos consejos de la tribu : habla suelta, arrancada de la boca con violencia, como quien se saca una culebra tenazmente adherida a las vísceras : elástica, gutural, ronca, maleable : lengua que nace, brinca, se extiende, trepa, se ahíla : interminable tallarín, hilo, serpentina, como en la célebre secuencia de Chaplin : posibilidad de contar, mentir, fabular, verter lo que se guarda en el cerebro y el vientre, el corazón, vagina, testículos : hablar y hablar a borbollones, durante horas y horas : vomitar sueños, palabras, historias hasta quedarse vacío : literatura al alcance de analfabetos, mujeres, simples, chiflados : de cuantos se han visto tradicionalmente privados de la facultad de expresar fantasías y cuitas : condenados a callar, obedecer, ocultarse, comunicar por murmullos y signos : al amparo de la oficiosa neutralidad del lugar : de la impunidad del juglar que zahiere tras la máscara falaz de la risa : oradores sin púlpito ni tribuna ni atril : poseídos de súbito frenesí : charlatanes, embaucadores, locuaces, todos cuentistas

anochecer : cuando la feria se vacía y bailarines, tambores, rapsodas, flautistas se van, literalmente, con su música a otra parte : disgregación paulatina de los corros, muchedumbre afanosa e inquieta, como colmena amenazada de destrucción : lenta emergencia de espacios despejados, enrevesada telaraña de cruces y encuentros en la vasta y sombría explanada : mujeres cabizbajas aguardan pacientemente, en cuclillas, un rasgo tardío de caridad : otras merodean a hurtadillas, ajustan citas por señas : tiendecillas y bazares recogen sus existencias y lámparas de petróleo iluminan teatralmente nuevos puntos de convergencia y reunión : figones de quita y pon, cocinas ambulantes, trebejos y hornillos listos para la cena : olores de fritura y potaje, comino, té con hierbabuena que avivan el apetito del caminante y lo atraen a los banquillos laterales del tenderete de su elección

sucesión de luminosos bodegones proyectados en una linterna mágica : ilustraciones de alguna remota edición de "Las mil y una noches" con mercaderes, alfaquís, artesanos, mancebos de botica, estudiantes coránicos pintados sobre un fondo de calderos de chorba, broquetas asadas, sartenes humeantes, cestillos de fruta, cuencos de aceitunas, fuentes de ensaladilla escarlata con precisión y minucia difíciles de esfumar : aprehensión del universo a través de las imágenes de Scherezada o Aladino : la plaza entera abreviada en un libro, cuya lectura suplanta la realidad

escenario desierto, hileras de casetas cerradas, residuos de la feria, papeles agitados por el viento, excrementos y mondas de fruta, perros buscavidas, mendigos dormidos con los antebrazos sobre las rodillas y la capucha del albornoz humillada

lectura en palimpsesto : caligrafía que diariamente se borra y retraza en el decurso de los años : precaria combinación de signos de mensaje incierto : infinitas posibilidades de juego a partir del espacio vacío : negrura, oquedad, silencio nocturno de la página todavía en blanco

ÍNDICE

Impreso en el mes de marzo de 1983
en Romanyà/Valls,
Verdaguer, 1
Capellades
(Barcelona)